JN084753

Osanago ha Saikyo no Tamer Dato kizuite Imasen!
幼子は最強のテイマーだと気付いていません!
[author]
akechi
[illustration]
でんきちひさな
3

シロ
ユリアを溺愛する
獣王フェンリル。
魔物達のまとめ役であり、
人間の姿にもなれる。
コウ
イタズラ好きな
妖精。フェンとは
良いコンビ。
ユリア
人にも魔物にも愛される、
元気いっぱいな3歳児。
『神の愛し子』という
特別な存在で、
竜人族の王女。
ルイーザ
血縁上はユリアの
伯母だが、訳あって
まだ赤子の王女。
実は凄まじい
魔力の持ち主。
フェン
子供のフェンリル。
舌足らずな
幼い男の子。
登場人物紹介
Characters

マーリン

ユリアやルイーザと
仲の良い魔神。
人智を超えた力で
度々助けてくれる。

ジェス

ルウズビュード国の
初代国王。王家に悪しき
伝統を生んだ元凶と
思われていたが……

ユリアの“友達”の魔物

クロじい

おじいちゃんな
ジャイアントグリズリー。

桔梗

姉御肌の
九尾の妖狐。

ピピ

遊び盛りの
フェニックス。

チェビ

食いしん坊なバジリスク。

ネオ

人間嫌いな天虎の幼獣。

ユリアの周りの人々

ユリアの"友達"の魔物

- ラーニャ♀……… 天虎。ネオの母親。
- クロノス♂……… ドラゴンの王(竜王)。
- ゼノス♂ ……… クロノスの息子。
- シリウス♂ ……… アンデッド王、リッチ。
- ガルム♂……… 黒い狼。

ルウズビュード国(竜人族の国)

- オーウェン♂ …… ユリアの父。前国王。
- アネモネ♀ …… ユリアの母。前王妃。
- オーランド♂…… ユリアの長兄。現国王。
- ケイシー♂ …… ユリアの次兄。

- オルトス♂ …… ユリアの祖父(父方)。前々国王。
- フローリア♀…… ユリアの祖母(父方)。前々王妃。
- チェスター♂ …… ユリアの祖父(母方)。モントリアス筆頭公爵。
- エリー♀……… ユリアの祖母(母方)。

- カイル♂ ……… ユリアの友達。ローマル侯爵子息。
- ナタリー♀……… カイルの母。
- ルウ♂ ……… ユリアの友達。桔梗の養子。
- コーナス♂ …… ジェスの親友にして右腕。

アーズフィールド国(魔法国)

- リカルド♂……… 国王。ハイエルフの魔術師。
- アレン♂ ……… 近衛隊長。

ジャンロウ国(獣人の国)

- ギウト♂……… 国王。獅子の獣人。
- メアリー♀……… ギウトの妻。
- ニコラス♂ ……… ギウトとメアリーの子。ユリアの友達。

謎の犯罪組織

- ネロ♂ ……… ボス。快楽主義者。
- ディパード♂…… ネロの腹心の部下。

第1話　ルウズビュード国の歴史

竜人族の国ルウズビュードには、とある悪習がある。

〝王家に生まれた女の赤子は災いをもたらす。故に殺さねばならない〟

その風習は数千年にわたって王家に継承され、多くの王女が生まれて間もなくこの世を去った。

しかし、現在のルウズビュード王家には二人の王女がいる。

一人はユリア。先代国王の娘で、〝神の愛し子〟でもある。数多くの伝説の魔物を〝友達〟として側に置く、世界最強のテイマーだ。

もう一人はルイーザ。先々代国王の娘だが、少し前まで死んだものと思われていた。訳あって赤子の姿のまま成長が止まっており、血縁上は伯母ながらユリアの妹分として育てられている。

今の王家を取り仕切る者達は、悪習廃止を大々的に宣言するべく、日々保守的な貴族達と交渉を続けており、あと一歩というところまで漕ぎ着けていた。

そんなある日、いつものように子供達が庭で遊んでいると、ユリアが奇妙な箱を土の中から掘り起こした。

箱からは「ここから出せ」と謎の声がして、ユリアはそれを開いてしまう。中から現れたのは、黒い長髪を靡(なび)かせた一人の竜人の男。

彼はジェス・ルウズビュードと名乗った。

ジェスは初代国王にして、悪習を生み出した張本人だ。王宮の庭は今、静かに緊張に満ちていた——

†

「本当にジェス・ルウズビュードなら、私がこの手で殺したいわね!! 自分の娘を殺した暴君(ぼうくん)ジェス!」

ユリアの祖母、フローリアは、娘のルイーザを固く抱きしめながら、初代国王と名乗った男を睨(にら)み付ける。ユリアの母アネモネや、九尾(きゅうび)の妖狐(ようこ)の桔梗(ききょう)も、子供達を自分の背後に隠して警戒している。

ジェスには娘がいた。しかし、娘が生まれた直後、国中に疫病(えきびょう)が流行(はや)り、ルウズビュードは滅亡寸前に追い込まれる。妻までも失ったジェスは、娘が災いを呼んだのだとして殺してしまった。

そして正気を失ったとみなされた彼は、息子のジェード——二代目国王に討たれたと伝わっている。

ジェードもまた女の赤子を恐れ、忌(い)み子(ご)として処分するよう固く命じた。これが悪習の始まりとされている。

だが、ジェスはフローリアが放った言葉に首を傾げた。

「何を言ってるんだ？　俺は独身だぞ⁉　結婚する前にあの箱に封印されたんだ！」

ジェスが悔しそうに言い放つ。

「「「はぁ？」」」

「俺は人族にとって脅威だったみたいでな、何故か〝魔王〟と呼ばれて恐れられていたんだ」

話を詳しく聞いていくと、ジェスのとてつもない力を恐れた人族達は協力して〝魔王〟の討伐(とうばつ)を試みたのだが全く歯が立たない。そんな中、自国に裏切り者がいて、その者と人族の魔術師達によってやっと封印されたらしい。

「そんなことが……」

衝撃の真実に驚くフローリアとアネモネ。

「俺がもし自力で封印を解いたとしても、その瞬間に消滅するはずだった……。まぁどちらに転んでも俺に未来はなかったが、このおちびの力なのか今もこうして生きている」

「もう！　ユリアでしゅよ！」

おちびと言われて、アネモネの陰に隠れながらぷんすか怒り出したユリア。

「あたしは裏切り者が誰なのか気になるねぇ〜」

桔梗がジェスに裏切り者の名を尋(たず)ねる。

「ああ……コーナス だ。コーナス・ロンド……俺の親友で、右腕のような奴だったが見事に裏切られた」

そう言って自虐的に笑うジェス。

「「ロンド!?」」

ロンドという姓に反応するフローリアとアネモネ。

「知ってるのか？」

「ええ、今の王宮魔術師団長の名がガイナス・ロンドっていいます」

皆がこの流れに黙ってしまう中、ユリアがよちよちとジェスの元へ歩いていくと、じっと彼を見つめる。

「何だおちび……じゃなくてユリア？」

「おにゃかすいたー！　抱っこちて！」

突然のユリアの行動に唖然とするジェスだが、次第に笑いが込み上げてくる。

「俺に子供がいたらこんな感じだったんだろうな……よしこっち来い！」

ユリアはジェスに抱っこされると、彼の頭を優しく撫でる。

「じぇちゅはいいこでしゅ！」

その何気ないユリアの言葉に自然と涙が溢れるジェス。時の流れを感じない漆黒の闇の中で一人過ごし、ついに封印を解いてくれる人物に出会えて、もう楽になれると思った。だがその人物は思いがけないチャンスをくれたのだった。

「ありがとうな、ユリア……」

ジェスはチャンスをくれたその小さな天使に心から感謝した。


ユリアが懐(なつ)いていることもあり、ひとまずジェスへの警戒を解いたアネモネ達は、王宮の広間に彼を連れていくことにした。話を聞くついでに子供達におやつを食べさせようという算段である。

先程のやり取りを見守っていた妖精(ようせい)のコウも列に加わっている。ジェスが現れる前の箱の騒動で気を失ってしまった子供フェンリルのフェンは、庭に寝かされていた。

「でも……ジェス様が独身なら誰が王位を継(つ)いだのかしら？」

廊下を歩きながらアネモネがふと疑問を口にした。

「俺も分からない……。封印されてからはずっと暗闇を彷徨(さまよ)っていたからな」

時間感覚すら失われていたので、一日しか経っていないのか、それとも数千年経っているのかも分からない状態だった。さすがのジェスも精神状態が限界にきていた時、まるで救いの手を差し伸べるように光が差し込んだのだ。

「歴史書では奥方がいたのですが……キリヤ様なんですがご存知ですか？」

フローリアが恐る恐る問うと、ジェスはいきなり立ち止まり青ざめ始めた。

「おい！　どうしてそうなるんだ！　キリヤは俺の妹だぞ！　あ〜鳥肌が……」

「「妹!?」」

まさかの答えに驚愕するフローリアとアネモネ。

そんな大人達をよそに、ユリアの友人の二人の少年——カイルとルウは桔梗と手を繋いで楽しそうに歌っており、ユリアはそれに手拍子をつけて小躍りしていた。

「おちびには癒されるな……」

そんな自由な子供達を見ながらしみじみ言うジェス。

「じぇちゅ！　いいかげんおこりまちゅよ！　おちびじゃにゃくてユリアでしゅよ！」

ジェスがおちびと言ったのを聞いたユリアは、腰に手を当てて怒り始めた。

「もう怒ってるだろ！」

プンスカ怒る可愛い天使を見て、つい笑って抱き上げてしまうジェス。

ルウズビュード国初代国王であり〝魔王〟と言われたジェスにも物怖じしないユリアに、ヒヤヒヤするアネモネ。だが、そんな母親の気持ちなど知らずに二人の会話が続けられていく。

「じぇちゅはなんちゃいでしゅか～？」

「んー、確か五百二十歳だな、人族年齢で言うと二十六歳だ」

「ん……んー？　よくわからにゃい！　ユリアはしゃんしゃいだよ～」

そう言って一生懸命に指を三本出すユリア。

「三歳か……人族年齢でか？」

ジェスはアネモネに聞く。

「いえ、竜人年齢ですのでまだ赤子です」

アネモネは気まずそうに答える。

「ふむ……それは変だな？　まだ赤子なのに歩いて話している……それにもうだいぶ成長しているぞ」

まだ自分に向かって三本指を出してドヤ顔しているユリアを不思議そうに見ながら、疑問をぶつけるジェス。

「私達も不思議で……まだ乳飲(ちの)み子のはずですが……これも愛し子と関係があるのかしら？」

「愛し子だって!?」

アネモネが言った信じられない言葉を聞いて、唖然とするジェスだったが、次の瞬間にはユリアを床に降ろして興味深そうに観察を始めた。

目を開閉させたり、舌を出させたり、挙げ句の果てにユリアをコンコンと軽く叩いている。

「う～ん……普通のおちびだな」

「もう！　なんでしゅか！　いいかげんにちなちゃい！　おこりましゅよ！」

「だからもう怒ってるだろ、あはは！」

ユリアの可愛い反応に思わず大笑いしてしまうジェス。

「ぐにゅにゅにゅ！」

ユリアは笑われたのが悔しくて、得意（？）のパンチ攻撃を仕掛けるが、ジェスに軽く避けられて小脇に抱えられる。すると今度は楽しくなったのか、簡単に機嫌が直りはしゃぎ出した。

「はは！　子供はいいな！」

楽しそうにユリアと戯れるジェスに、フローリアが国の歴史を話し始める。

「ジェス様の次に王を継いだのは、歴史書では第一王子のジェード様となっているのですが……」

その名前にピクリと反応するジェス。

「ジェードは俺の弟だ……あいつが継いでくれたのか？」

広間にやって来たフローリア達は、伝えられている歴史と忌々しい悪習の話をジェスに詳しく説明した。

それを聞いたジェスは驚くと共に、凄まじい怒りが込み上げてきたようで、声を荒らげた。

「何だその話は！　俺が王の時は流行り病なんてなかったし、キリヤも元気だったぞ！　誰かが歴史をねじ曲げたな！　くそ！」

「くちょ！　くちょ！」

悔しくてつい出てしまった悪態を聞いたユリアが、真似し始めた。

「ユリア……やめなさい！」

アネモネが急いで注意する。ユリアには大人の良くない口癖を真似するところがあった。

気を利かせた桔梗が、ユリアと他のおちび達を連れて手を洗いに行かせる。戻ってくる頃には変な悪態を真似することは忘れ、席に着くなりテーブルに並べられたおやつに一直線だ。

今日のおやつは様々なケーキである。

ジェスも興味津々に見定めると、チョコレートケーキに手を伸ばす。ユリアはショートケーキでカイルとルウはクッキーに夢中だ。妖精のコウは別に用意してもらったフルーツを貪っている。

「ユリア！　これ旨いな！　何ていうんだ？」

「もぐもぐ……ちょこりぇーとけーき……もぐもぐ」

おちびに挟まれて椅子に座り、並べられたデザートをじっくりと味わいながら食べているジェス。

「ちょこりぇーとか……時代は変わったな」

そんな光景を見ながらも、フローリアとアネモネは真剣に話し合いをしている。ルイーザはそんなフローリアの腕ですやすやと眠っている。

「まさか初代国王が目の前にいるなんて……それに歴史が改ざんされたものだったとはね」

「私も驚きました……改ざんしたのはその裏切ったコーナス・ロンドなんですかね？」

ルウズビュードの知らない闇の部分が出てきて動揺するフローリア達は、このことを皆にどう説明するか悩む。

「一度ガイナス・ロンド公爵に話を聞きましょうか……」

「そうですね」

フローリアとアネモネが頭を抱えながら話し合いをしていると、急におちび達が騒がしくなる。

ジェスがチョコレートケーキを全部食べてしまったらしく、食べたかったユリアとカイルが大泣きしていた。

アネモネが二人の元に行き慰め、フローリアは女官にチョコレートケーキのおかわりを持ってくるように指示する。

「ちょこりぇーとけーき、にゃくなったーー！　うわーーん！」

ユリアがアネモネにしがみついて泣きじゃくっている。

「うわーーん！」

カイルも珍しく声を出して泣いている。ルウはケーキを食べながら器用にジェスをポカポカ殴り、二人の仕返しをしている。

そこへジェスの件を聞いた男性陣が駆けつけた。ユリアの兄のオーランド、祖父のオルトスである。

緊迫した様子で来た彼らの前では、ユリアが口の周りをクリームだらけにして泣いていて、カイルも椅子に座ってお行儀(ぎょうぎ)良く泣いている。そしてルウが見たことのない一人の男性をポカポカと殴っている。

まさにカオスな状態に、唖然とするオーランドとオルトス。

「悪かったよ！　泣くな！」

ジェスがルウの攻撃を軽くかわしながらユリアとカイルに素直に謝る。

「お前ーー！　石ころにしてやる！」

ユリアやカイルを泣かしたジェスにぷんすか怒る妖精コウは、呪文を唱え始めた。

「たぁー！（やれー！）」

いつの間にか目覚めたルイーザはそんなコウを煽(あお)っている。

妖精コウが怒りに任せてジェスに魔法を放とうとするのを必死で止めるフローリアは、それを煽るルイーザも同時に止めている。

そこへ、気絶から復活したフェンが何も知らずにトコトコとこちらにやって来た。

『おりぇをおいていくにゃーー！　ん？　こいちゅはだれだ？』

フェンがジェスの周りをぐるぐる回り、匂いを嗅(か)いでいる。

「いつも賑やかだな……」

そんなカオスで自由な光景に苦笑いするオルトスだった。

†

「すん……すん……もぐもぐ……すん……もぐもぐ」

泣きながらも食べるのはやめないユリアは、女官が急いで持ってきてくれたチョコレートケーキを大事に食べ進めていた。

「器用だね～ユリア」

妹のやることなら何でも褒める、現国王で兄でもあるオーランドは、何故かユリアではなくまだグズっているカイルを抱っこしている。

その光景に驚愕するフローリアとアネモネ。

「ユリアじゃなくてカイル君を抱っこしてるわ！」

「どういうことかしら？」

オーランドは、カイルの母ナタリーと密かに交際しており、カイルとも親しい関係を築きつつあった。その噂が王宮に広まるのは時間の問題だったが、まだ知らない者の方が多い。

ユリアは泣きながらも、追加で来たチョコレートケーキをひたすら食べている。コウとルウも食べるのを再開して落ち着いてきたが、下でキャンキャンと可愛く鳴いている魔物がいる。

『おりぇもくうぞ！　ユリア、肉くりぇ！　肉ーー！』

「すん……すん……」

ユリアは隣に座るアネモネに視線を向ける。

「すん……かーしゃん……フェンしゃまが……にきゅたべゆって……」

魔物の声は、人化しない限り普通の人間には聞こえない。

ユリアの通訳を聞いたアネモネが指示すると、女官が生肉を運んでくる。ユリアは生肉を自分であげたいと言い出した。

「う～ん……あげたらお手々を洗いなさいよ？」

ユリアは素直に頷きお皿に生肉をドンと載せると、下で激しく尻尾を振るフェンの前に置く。

「どーじょ」

『わーい！』

嬉しそうに食べ始めたフェンを見て、ユリアはやっと笑顔になり、手を洗ってから自分もまた食べ始めた。

その横ではオルトスが、オーランドを横に連れてきてジェスの前に跪いていた。

「私は四代目国王のオルトスと申します。ここにいるのが、孫で現国王のオーランドでございます。まさか初代様にお会いできるとは！」

「そうかしこまるな」

ジェスは跪くオルトスとオーランドを立たせる。そして緊張気味の二人を椅子に座らせると、フローリアに頼んで先程の話をしてもらった。

「信じられない……私達は何のために！」

フローリアに抱えられているルイーザを見て、色々な感情が溢れ出すオルトス。

「たぁ！　ばぁー！」

ルイーザはそんなオルトスを励ますように懸命に手を伸ばしている。

「ルイーザ……愛しい我が子よ……」

オルトスはフローリアとルイーザを思わず抱きしめる。

「俺も結婚したかったなぁ〜！」

家族の温かい光景を見たジェスはしみじみと言う。すると、ケーキを食べ終わったユリアがよちよちとこちらへやって来る。

「どうした？」

「じぇちゅ！　こりぇたべていいよ！」

泣き腫らした顔でニコッと笑い、食べかけのチョコレートケーキが載った皿を持ってきてジェスに渡そうとしてきた。

「食べかけじゃねーか！」

「エヘヘ～」

「エヘヘじゃねーよ……お前が食べろ！」

「……じぇちゅは、ちょこりぇーとけーきしゅきでしょ～？」

「お前……さては腹いっぱいなんだな？　白状しろ！」

ユリアは目を泳がせている。

「分かりやすいな！」

隠し事のできないユリアを見て笑うジェス。

「もう～！　いらにゃいの～？　おいちいのに～！」

「じゃあお前が食えよ」

ユリアはそんなジェスを無視して、フォークでケーキを刺すとジェスの口に押し付ける。

「ふごぉ！」

「どーじょ」

「ユリア！　やめなさい！」

オルトスが止めに入るが、間に合わずにジェスの口の周りはチョコレートまみれになってしまう。

「お前……無茶苦茶（むちゃくちゃ）だな！」

もぐもぐしながら呆れるジェス。

ユリアはポケットからハンカチを出してジェスの口の周りを拭（ふ）くが、チョコレートが更に広がり顔全体が真っ黒になってしまう。

「ありぇ～？」

「……顔を洗ってくる」

そう言ってジェスが立ち上がる。

「じゃあユリアがあんにゃいしゅるー！」

そんなユリアに引っ張られて、中腰で付いていく〝魔王〟ジェス。

その光景を見て、妹が大好きすぎるオーランドに良からぬスイッチが入り、ジェスを密かに〝敵〟と見なしてしまったのだった。

†

ユリアとジェスが顔を洗いに行った後すぐに、ユリアの父オーウェンがシロや仲間達を連れて帰ってきた。彼らはつい先程まで、ある不審な貴族の取り調べをしに出払っていたのだ。

「只今帰りました、お祖父様。すぐに報告したいんですが、会議室に来ていただいて良いですか？」

厳しい顔のままオルトスにそう言ったのは、ユリアの次兄ケイシー。オーウェンも真剣な顔でその横に並んでいるが、フェンリルのシロと竜王クロノスは、ユリアを探して辺りを見回す。

「おい、ユリアは何処だ？」

見える範囲にいないため、急いでユリアの気配を探し出そうとするシロ。

「……おいおい、またやらかしたな！」

クロノスが何かを感じ取ったのか苦笑いしていると、ドアが開きユリアが覚束ない足取りで入ってきた。シロが嬉しそうに近寄ろうとしたら、ユリアが誰かを引っ張ってくるのが見える。

「おい！　引っ張るな！　いてて……」

ユリアのために中腰で歩いているその男性は、腰を押さえている。シロやオーウェン達はその男性を訝しげに見る。

「あれは誰ですか？」とオルトスに聞くオーウェン。

「驚かないで聞いてくれ。あの御方は初代国王であるジェス様だ」

「「……はぁ？」」

全く理解できないオーウェンとケイシー。

オルトスとフローリアは詳しい事情をオーウェン達に話すことになる。それを待つジェスにクロノスが近付くと、ジェスは酷く驚いた顔をする。

「貴方様はまさか竜王の血筋では？」

「ああ、初代は俺の親父だ。俺は二代目竜王のクロノスだ」

「何と！　あの幼子がこんなに逞しくなられて……ラクロウは……初代竜王陛下はお元気ですか？」

「ピンピンしてる。よくお前の話をしていたよ、何故おかしくなってしまったのかとな。妻キリヤのことは残念だが、子を殺すなどやりすぎだ」

その言葉で皆の視線がジェスに集中する。

「そのことですが、何故そんな話になっているんですか⁉　キリヤは妻ではなく妹ですし、子供もいませんよ！　逆に結婚したかったですよぉ～俺……」

自分で言っていて悲しくなり、落ち込んでしまったジェスを一生懸命に励ますユリア。

「じぇちゅはけっこんできまちゅよ！」

そう言ってジェスの頭を優しく撫でている。

「どういうことだ？」

クロノスはジェスを見て言う。彼は幼い頃にジェスとは何回か会ったことがあるが、それ以上の思い出はない。唯一思い出せるのは、ジェスの凶行を聞いて失望する父ラクロウの姿だった。

クロノスには他人の記憶を見る力がある。

ジェスの過去を覗いてみても結婚している様子はないし、その代わりに見えてくるのは、色々とやらかして〝変人王〟と呼ばれている姿だ。

気になるのが、ジェスの息子だと思っていたジェードが何故か弟としてサポートしていることと、妻だと思っていたキリヤが妹で、ジェスに説教している姿が見えたことだ。

「お前……〝変人王〟って呼ばれていたんだな」

「はっ！　やめてください！　黒歴史ですので……仕事はちゃんとしてましたよ！」

威張って言うジェスに呆れる一同。

「じぇちゅをいじめたらダメでしゅよ！」

ユリアがジェスの前に立って言う。

「あぁ……小さいお母さんだ！」

「ちいさくにゃい！　それにユリアは〝かーしゃん〟じゃないでしゅよ！」

幼子に怒られている初代国王ジェスを、ルウズビュード国の王族達は唖然として見ている。

「我々ドラゴンを欺いた奴がいるのか……」

そんな中、クロノスはいつもの大らかな表情ではなく、竜王の威厳を宿した顔になっていた。

「おっ！　面白いことになってるな〜！」

そこへ暢気な声が聞こえてくると同時に、空間の一部が裂けて、そこから久しぶりの人物が出てくる。

「あー！　マリーだぁ！」

現れた緑髪の少年に、ユリアが嬉しそうに手を振る。

「マーリンだって！　相変わらずのユリアだねぇ！」

ユリアの頭を撫でながら笑う魔神マーリンは、すぐにジェスとクロノスの方に顔を向けると衝撃的なことを言った。

「過去に行って見てこようか？　真実が知りたいんだろ？」

「この子は誰ですか？」

ジェスがクロノスに聞く。

「魔神マーリンだ」

驚いて、開いた口が塞がらないジェス。ジェスでさえ実物を見たのは初めてなくらい、マーリンは伝説的存在なのだ。

「〝魔王〟に驚かれたよ！　あはは！」

「マーリン、過去へ行けるのか？」とクロノスが確かめる。

「当たり前！　じゃあ行ってくる！　逆方向の時間移動も自由にやれるから、すぐに戻ってこれるしねぇ～！」

そう言うとマーリンは即座に消えてしまった。

成り行きを見守っていた竜人の大人組は、無言で目配せし合う。彼らは真実が何かとは別に、恐れていることがあった。

それは、自分達がルウズビュード王家の血を受け継いでいないかもしれない、ということ。マーリンが真相を持ち帰ってくれれば、自ずと答えも出るだろう。

だが一人、何も知らない王族ユリアは固まったままのジェスをツンツンして遊んでいた。

†

「たっだいま〜！」

「「「早っ！」」」

マーリンが消えてからまだ一時間も経っていない。自由に時間を移動できるマーリンからすれば、現れる時間はいつでも良いのだが、時間移動の経験がない者達には、いまいちその理屈は伝わらない。

説明するのも面倒なのでそこには触れず、マーリンは早速皆を集めて、見てきた内容を話し始めた。

「結論から言うと、ルウズビュード国の血筋は守られているよ」

真相に先回りして、竜人達の知りたかったことを告げるマーリン。

それを聞けて、王族達は一気に肩の力が抜けた。

「ジェスだっけ？　君の周りの人物は物凄く強力な【魅了】の魔法にかかってたみたいだね」

「【魅了】？　今その問題で王家が動いているんだが……偶然か？」

オーウェンが疑問を口にする。

【魅了】とは禁忌の闇魔法の一つで、自分を異常なまでに魅力的に見せる効果がある。恋愛感情に限った魔法ではなく、【魅了】をかけられた人間は、誰であれ使用者の言いなりになってしまう。

ユリアやルイーザを敵視する人間の多くがこの魔法をかけられていたことが発覚し、オーウェン達は実行犯であるエズラという女性を取り調べるために、先程まで外出していたのである。

エズラが別の人物から【魅了】の使い方を教わったことまでは分かったが、その者の名を吐かせる前に、彼女は急死してしまった。

マーリンはオーウェンの問いかけに頷く。

「多分繋がっているね。過去の時代で物凄く強力な【魅了】を使った人物は、コーナス・ロンド公爵だ。俺も驚く程の魔法の使い手だったよ。それに、何故かジェスに対してかなりの憎悪を抱いていた」

「コーナス！　やっぱりあいつか！」

ジェスがその名を聞いて憤る。

マーリンは自分が見てきた光景を淡々と話し出した。

ジェスがこの国を建国する時に苦楽を共にした右腕であり、親友だったコーナス。だがコーナスはというと、何でもそつなくこなし、生まれながらに最強の力を持つジェスに対して酷い劣等感を持っていたらしい。

　努力をせずとも人に恵まれて、竜王とも友好に交流するジェスは、皆に〝変人王〟と呼ばれながらもその人気は絶大だった。加えて、彼の家族である妹のキリヤや弟のジェードも優秀で、コーナスは自分がもうこの国にとって必要ないのではと思うようになっていった。

　劣等感から始まった嫉妬と憎悪がどんどんと渦巻いていったコーナスは、次第に精神を病んでいき被害妄想も酷くなっていった。

　そして最終的にはルウズビュード国を恐れる人族の者達を利用して、ジェスを封印することに成功した。本来だったら自らの手で殺したかったが、コーナスの力ではジェスには到底及ばない。それ故に卑怯で残酷な方法をとったのだ。

「酷いわね……ただの嫉妬でそこまでするなんて！」

　聞いていたアネモネが憤る。

「【魅了】を使ったのはその後のことかしら？」

　フローリアの質問に、マーリンは続きを話し始めた。

　コーナスは手始めに、ジェスの妹のキリヤに【魅了】をかけた。

　突然姿を消した兄を必死で探していた彼女は、次第に人格が変わっていき、何故かジェスは国を捨てて消えた裏切り者だと罵り始めたのだ。

　そして急遽、王として跡を継いだ、ジェスの弟であるジェードは、姉の突然の変わりように困惑し、いつも自分達の近くにいたコーナスを疑うようになった。消えた親友を探そうともせずに、むしろ醜聞を広める方に加担していたからだ。

やがて国中に、ジェスは人族の娘に心酔して国を捨てた愚かな王だ、という認識が定着していった。同時期に、キリヤだけでなく側近達も【魅了】の餌食となり、ジェスを罵るようになる。

「ジェードはそんな四面楚歌の中、一人で戦ったけど、次第に彼もコーナスの毒牙に抗えずに堕ちていったんだよ」

「痛ましいわね……」

それ以上言葉が出ないフローリア。

「あいつ……!!　大事な妹と弟まで!!」

マーリンの話を聞いて怒りが込み上げるジェス。

「皆、コーナスの【魅了】にやられてたんだ。あいつの魔力は並外れているよ」

そう言い不敵に笑うマーリンは、更に見てきた事実を話し始めた。

懸命に【魅了】と戦ったジェードだが、次第に精神を病んでいった。皆が兄と自分を比べているのではないかと思い込んで、ジェスの名を出す者を誰彼構わず粛清し始めたのである。

そしてそれからすぐに事件が起こった。ジェードに待望の王女が生まれた日に、姉であるキリヤが突然姿を消したのだ。そこへ悪意を持ったコーナスがやって来て、精神的に限界がきているジェードの耳元で囁いた。〝王女は呪われている。この子はこの国に災いをもたらす〟と。

「本来だったら、ジェードもそんな馬鹿げた言葉を聞くはずもない。だけど、追い詰められていた彼は、あんなに怪しんでいたコーナスの意見にもかかわらず、躊躇なく我が子である王女を殺めてしまったんだ」

「酷いわ……酷すぎる」とフローリアはルイーザを抱きしめながら涙を流す。

「コーナス、あいつは異常だよ」

マーリンは忌々しそうに言う。

王女が殺された直後、コーナスはジェードにかけていた【魅了】を解いた。正気に戻った彼は目の前にある王女の亡骸を見て、自身の行為に耐えかねてその場で自ら命を絶った。

その後もジェードの息子達がコーナスに操られていたが、ジェスを封印している箱がいきなり消えて、焦ったコーナスは禁忌の魔法を使い、この時代にやって来たのだという。

「コーナス!!」

ジェスは目を血走らせていた。大事な妹の安否も心配だが、弟がされた仕打ちに対して震える程の怒りに満ちていた。

「本当に人間は愚かだ」

シロが吐き捨てるように言うと、聞いていた魔物達も同意するように頷く。

黙ってマーリンの話を聞いていたオルトスだが、確認せずにはいられないことがあった。

「コーナスが今、この時代にいるんですか!?」

「うん。禁忌の闇魔法を使ってやって来たみたいだよ。来た時期はユリアがこの国に戻った少し後かな。君達が困らされていた【魅了】を……エズラだっけ？　その子に教えたのがコーナス」

　オルトス達は予想外の真実に戸惑っていたが、現在起こっている事件の黒幕が分かった瞬間でもあった。

「未来への移動でかなり命と魔力を削っているから、もう長くは生きられないね。コーナスは僕と違って、過去への移動はできない。元の時代に戻れないことを承知の上で、彼は箱の行方を追いかけた。それ程までに君に執着しているなんて、あいつは常軌を逸しているよ」

　マーリンはジェスに視線を向け、ずっと見てきたコーナスの所業を思い出して顔を歪める。

「コーナスはジェードの子供達を使って、ルウズビュード国を崩壊に導き、最後の仕上げに自身でジェスの箱の封印を解いて殺そうとしていたんだ。だから肌身離さず箱を持っていたんだけど、急に消えちゃったから焦っていたよ」

「コーナスの近くから消えたのも幸運だったが、ユリアに開けてもらえたのは奇跡だな。ユリア以外が開いていたら俺は確実に死んでた」

　ジェスが言うと、皆も頷く。

「面白いことに、箱は本当に急に消えたんだよ！　ユリアがこの時代に導いたのかな～？」と言い、笑うマーリン。

「よんだ～？」

ユリアは自分が呼ばれたと思い、よちよちと歩いてくる。ジェスはそんなユリアを抱っこすると笑顔でお礼を言う。

「ユリア、ありがとうな。お前のお陰でまたこうして生きていられる。……ありがとう！」

「じぇちゅはいきてまちゅよ？　これからもいっちょ～！　いっちょにあしょぼーね！」

「プッ……あぁ、遊ぼうな！」

そう言うとユリアを抱きしめるジェス。

ピーピピー！

突然鳴り響く笛の音。それを吹いたのはオーランドで、黙ってユリアをジェスから奪い返す。

「初代国王陛下……ユリアと会話する時は、半径五メートルは離れてください」

「遠いな！」と呆れるジェス。

ユリアはただ首を傾げていた。

閑話　チェスターとユリアと婚約破棄(こんやくはき)

ジェスから事情を聞いたオーウェン達は、コーナスを探し出すために、まずは子孫と思われるガイナス・ロンド公爵を呼び出すことにした。

マーリンはコーナスの居場所については口にしなかった。これ以上の介入は、神としてはやりすぎになるらしい。

元々、友人であるユリアのために手を貸しているだけであって、竜人族に無条件で協力しているわけではない。オーウェン達もそれに不満はなかった。

†

ところで、王族達が飛び回っている裏で、ユリアの母方の祖父・チェスターは軍部の業務に勤しんでいた。ジェスが現れるという非常事態が起こっても、日常業務が減るわけではない。

とはいえ、サボり魔のチェスターが張り切っているはずもなく、彼は今、自分の執務室で嫌々仕事をしていた。

周りの部下は、機嫌の悪いチェスターが恐ろしくて、離れて様子を見ている。そんなピリついた空気で静まり返る部屋に、あのお馴染みの足音が聞こえてくる。

ピープーピープープーピープーピープー。

子供用の、歩くと音が鳴る靴である。

「コンコン！　コンコン！」

今度は扉の向こうから、口でノック音を再現する声が聞こえた。

するとチェスターは舌打ちをするが、何故か嬉しそうだ。

「誰だー？　名を名乗れ！」

　ピープーピープー。

「ユリアでしゅよー！　あけてくだしゃい！」

　チェスターは溜め息を吐くと、徐（おもむろ）に立ち上がり、面倒臭そうにドアを開けに行く。だがその目は優しく、部下達は我が目を疑う。

　ドアを開けるが、チェスターの視線の先には誰もいない。

「おい、おちび！」

「ここでしゅよ！　もう！」

　チェスターが視線を下ろすと、ピョンピョン跳ねて存在をアピールするユリアがいた。笑いを堪（こら）えながらしゃがみ込むチェスター。

「おー！　わりぃ！　見えなかった！」

「しちゅれいなあにちでしゅね！」

　ユリアはぷんすか怒り、攻撃力ゼロのパンチを食らわせている。ちなみに、チェスターは老人扱いされるのが嫌で、ユリアに自分のことを「兄貴」と呼ばせていた。

「お前、一人で来たのか？」

「シロにつれてきてもらったにょ！　すこしちたらむかえにくる！」

　ポカポカと叩き叩かれながら会話する、似た者同士の祖父と孫娘。チェスターの孫バカぶりは一部では周知の事実だが、今日の部下は皆知らず、初めて見る光景に戸惑っていた。

唖然としている部下達に気付いたユリアが、部屋の中に入っていく。

「いちゅもあにちがおせわになってまちゅ！」

ペコリと頭を下げるユリアに、感心すると同時にその可愛さにやられる一同。

チェスターはそんなユリアを自分の机の脇に座らせて、自分の仕事に専念し始めた。その理由は、少しでも仕事ができるところを見せつけたいという子供じみたものだった。

「ふんふんふ～ん……ふふふ～ん」

微妙に音程の外れた鼻歌を歌うユリアに、肩を震わす部下達。チェスターはユリアの口に飴玉を入れて黙らせる。

ユリアは飴玉を嬉しそうに舐めていたが、口の中が空っぽになるとチェスターをじっと見る。

「飴玉はもうないぞ」

「ユリア、なにもいってないもん」

途端に静まり返る部屋。チェスターがどんなスマートな対応を見せるのか、部下達は息を潜めて見守っている。

「ほかにおかちがありゅなら、もらいましゅよ？」

「何もない、残念だったな！」

「ブーー！」とブーイングするユリア。

「「「ブーー！」」」とブーイングする部下達。

「お前ら！」

チェスターが目を離した隙に、ユリアは書きかけの書類に落書きをしてしまう。朱肉に手の平をつけてベタベタ手形をつけていく。

「ユリア！……ブハッ！」

ユリアの顔にも手形が付いていて、見るも無惨な顔になっている。すると何かを思い付いたチェスターが筆を持ち、ユリアの顔に何やら書き始めた。書き終わると同時にドアが開く。

そこにはシロと一緒にアネモネもいた。そしてユリアが嬉しそうに駆け寄ると、二人は声を失う。

眉毛は極太にされて、鼻の下と顎に髭を書かれて何故か顔の所々が赤いユリア。それを見てアネモネは怒りで肩を震わす。そしてチェスターを睨み付けると、その襟首を掴んで何処かに引き摺っていった。

「ユリア……お顔洗おうな」

「はーーい！」

残されたユリアは、シロに抱っこされて戻っていった。

こうしてユリアの手形付き書類は書き直しになったが、オーランドはそれを大事そうにしまったとさ。

†

「おくちゅはきたいー」

チェスターの部屋を出てから数時間後、ユリアは不貞腐れていた。

あの音の鳴る靴を履く許可が下りず、カイルやルウと一緒にガッカリしている。

今日は皆忙しく、シロとアネモネの他は、フローリアとルイーザだけだ。全員いつもの中庭に集まっている。

ユリアがブーイングしていると、子犬にしか見えないフェンと妖精コウもやって来た。

「ユリア……あのおくちゅはけないにょ？」とルウは悲しそうだ。

「きびちいよのにゃかでしゅね……」とルウに言うカイル。

「おだんごちゅくりましゅよ！」と、鼻息荒く宣言するユリア。

おだんごというのは泥団子のこと。

そう、ユリア達は中庭に作った砂場を使って、泥遊びをしようとしていたのだ。ユリアは一度音の鳴る靴を履くとなかなか脱がない。泥だらけのその靴で王宮を歩き回られては困るため、アネモネは許可を出さなかったのである。

気持ちの切り替えが早いユリアはケロッとした様子で、カイル達と早速砂場に行く。

そして今回は、三人に交ざって嬉しそうにルイーザも参加している。自分も参加したくて泣き出したルイーザの、うるうるした上目遣いに、フローリアが落ちたのだ。

「りゅいーじゃちゃん！　おだんごちゅくろうねぇ！」

「あい～！　キャッキャ！」と嬉しそうに手を上げるルイーザ。

近くではシロとアネモネ、それにフローリアが見守っていて、フェンはシロの足下で眠っている。

コウは泥団子作りに嬉々として参加している。

「にぎにぎ～にぎにぎ～キャハハ！」

嬉しそうに泥団子を握っている泥まみれのユリア達。ルイーザも楽しそうに小さな手で泥団子を作っている。それを微笑ましく見ている大人達だが、事件は突然起こった。

ユリアの握っていた泥団子が、まるで自分の意思があるかのようにコロコロ転がっていってしまう。

「あーー！　まてーー！」

ユリアは泥団子を追うが、よちよち歩きなので遅い。泥団子はピタリと止まり、ユリアが近付いてくると動き出す。そして辿り着いた先では修羅場（しゅらば）が繰り広げられていた。

「お前との婚約は破棄する！　ルルカを陰で苛（いじ）めていたそうだな……覚悟しておけよ！」

一人の身分の高そうな男性が、高貴そうな女性に向かいそう宣言している。そして男性の脇には、彼を大事そうに支える可憐（かれん）な女性がいた。しかし、高貴そうな女性の視線は男性を通り過ぎ、その後ろに釘付（くぎづ）けになっていた。

男性がその視線を辿って後ろを振り返ると、小さな小さな泥だらけの女の子――ユリアが指を咥えて、じっと彼らを見ている。そして、眉を怒ったようにキッと立てた。

「何だ、この小汚い子供は！　どうやって王宮に入ったんだ！」

「やだ～、泥だらけ……」

可憐な女性は顔をしかめた。

ユリアはそれに構わず、男性の近くに転がっている泥団子をよちよち歩きで掴むと、自分を睨み付ける男性に投げる。

泥は変化球のように軌道を曲げて男性の顔面に当たった。

「このガキが！　誰かこのガキを拘束しろ！」

怒り狂う男性は、近くを巡回していた兵士に命令する。だが兵士達は一向に動かず、何故かユリアが彼らに向かって手を振る。

「こんちはー！」

「「「こんちはー！」」」と、デレデレして手を振り返す兵士達。

その光景に唖然とする男性と可憐な女性。ユリアは高貴そうな女性の元に歩いていく。

「だいじょぶー？」と心配そうに女性を見るユリア。

「ユリア王女！　まぁ可愛らしいわ！」

「ユリア……かわいい……エヘヘ」

高貴そうな女性は恍惚としており、ユリアは泥まみれのまま照れている。

男性がユリアと女性に詰め寄ろうとすると、後ろが騒がしくなる。そこにはシロとカイル達がいた。

「ユリア……何してるんだ？」

修羅場の真ん中にちょこんといるユリアに呆れるシロ。カイルとルウは、一生懸命な足取りでユリアの元に行く。

「ユリア、しゃがちたよ！」とぷんすか怒るカイル。

「おにゃかしゅいた」と何処までもマイペースなルウ。

「キャー！　まぁまぁ可愛らしい！」

高貴そうな女性はもはや「高貴」からは程遠く、おちび達に悶えている。その光景に驚きを隠せない男性と可憐な女性。

ユリアは男性を見るとぷんすか怒る。

「おんなのこ、いじめたらダメでしゅよ！　このちとのうちろにいるこが、おこってましゅ！」

ユリアはそう言って高貴そうな女性を見る。

「この人の後ろにいる子が怒っている」――その言葉の意味を理解したシロは溜め息を吐くと、女性に声をかけた。

「お前は精霊使いか？」

「精霊使い？……いえ」と首を傾げる女性。

すると女性の後ろの空間が光り出して、金色の髪を靡かせた少年が現れた。

「あー！　こんちはー！」

ユリアが高貴そうな女性の後ろに現れた少年に挨拶（あいさつ）する。少年は驚いてユリアに近付いてくる。

『僕が見えるの？』

「みえりゅよ」

見つめ合うユリアと少年。カイルはやきもちを焼いたのか、頬を膨らませてその間に割って入る。ルウはぼぅーと見ているだけだが、その視線は確かに少年を捉えていた。

「あにゃたはなにものでしゅか⁉」とカイルが問う。

『君達にも見えるんだ！　僕はラルフ、フレア姉様を助けて！』

少年の言葉におちび達は首を傾げる。

ユリアはぽかんとしている女性に声をかける。

「おねーしゃんはフレアねーしゃまでしゅか？」

「は……はい！　私はホークイン公爵家長女、フレア・ホークインと申します」

洗練（せんれん）された挨拶をするフレア。その後ろでドヤ顔をするラルフ少年。シロは埒（らち）が明かないとフレアに説明する。

「見えていないようだが、お前の後ろに子供がいる。魔力が強いから精霊の類（たぐい）かと思ったが……人間か？　死霊ではないな……まだ生きている」

「らりゅふっていってりゅよー！」

　ユリアの言葉に反応するフレア。

「……今、ラルフって言いましたか？　あの子が……あの子がいるんですか！」

「「いりゅよー」」と一斉にラルフを指差すおちび達。

『見える人がいて良かった！　あの二人が姉様を悪者にしているんです！　姉様は何もしていないのに！』

「ひどいでしゅね！」

「うん！」

「……ぶぅ」

　ラルフの説明に、ユリア、カイル、ルゥがそれぞれ怒りの気持ちを表明する。ルゥだけはブーイングだ。

　そんな中、フレアは涙ながらに後ろの空間に呼びかけた。

「あの……ラルフ？　聞こえる？　お願いだから目覚めて……お父様もお母様も私も待っているのよ？」

「何～？　気味が悪いわ……」

　ラルフが見えないでいる可憐な女性は眉をひそめ、男性は何かに気付いた様子を見せた。

「ラルフってお前の弟か！　まだ生きていたのか？」

その言葉に男性を睨み付けるフレア。

「あの子は〝天使花(エンジェルフラワー)〟さえ手に入れば助かるの！」

「あの花はいくら金を積んでも手に入らないぞ？　運だからな～？　それまであのガキが耐えられるかだな！　ギャハハ！」

悔しくても言い返せないフレアを、男性と女性は更に馬鹿にした。

『あいつら～！』

ラルフはギリリと歯噛みする。

それを見ていたユリアは、フレアの元に行くとポケットからあるものを出す。それは泥まみれだが、それでも光り輝いていた。

「これは……〝天使花〟!?」

『わーお！』

「「えぇーー!!」」

フレア、ラルフ、男性と可憐な女性がそれぞれ驚く。ラルフは興奮のあまり変な驚き方になっていた。

「いっぱいあるかりゃあげゆー！」とニコニコ笑うユリア。

フレアは泣きながらユリアにこれでもかとお礼を言うと、男性達を無視して急いで屋敷に戻って行った。

ラルフも深々と頭を下げる。

『ユリア王女、ありがとうございます！　ユリア王女にここで出会えたことに感謝します！　また会いに行きます！』

「うん！　らりゅふ、またねー！」とユリアは去っていくラルフに手を振った。

その一部始終を離れた所で見ていたアネモネとフローリアは、笑うしかない。ルイーザは嬉しそうに拍手している。それに気付いたユリア達が手を振りながら、大人達の元へ戻っていく。

男性と女性は王族の登場に急いで平伏したが、もう遅い。

シロが二人の前に立つと、ユリアが後ろから大声で言った。

「ひっとりゃえろー！」

「「「おおーーー！」」」

周りで見守っていた兵士達が、ユリアの一言で一斉に二人を取り囲む。

「……ユリア、そんな言葉、何処で覚えたんだ？」

「あにちーーー！」

「だよな……」と溜め息を吐くシロ。

兵士に捕らえられた男性と女性が暴れていると、アネモネとフローリアがやって来て、悪魔も凍りつくような笑顔でこう言った。

「私の可愛い娘を怒鳴り付けたんですって？」

「私の可愛い孫を怒鳴り付けたんですって？」

「たあ！　たあたあ！　たあーー！」と、フローリアの腕の中でぷんすか怒るルイーザ。

冷気すら漂う怒気を前にへたり込んで震える二人。彼らはすぐさま拘束された。


後日、フレアの潔白が証明され、ホークイン公爵、そして夫人とフレアが、元気になったラルフと共にお礼の挨拶に、王宮へやって来た。

「あーー！　らりゅふっーー！」

元気に手を振るユリアに、満面の笑みで手を振るラルフとフレアだった。

一方で、地下牢に拘束されている男性と女性の前には、殺気立った二人の男が立っていた。

「ユリアを小汚いって言ったんだって？　お前達の方がどんなに汚いか……まぁ言ったことを後悔するんだな」

そう言うと、オーランドはチェスターと共に牢の鍵を開けて入っていく。

この日、地下牢から男女の悲鳴が聞こえてきたとか、こないとか。

第2話　真実を確かめよう！

ジェスの出現から数日後のこと。

「ガイナス・ロンド公爵、顔を上げよ」

冷たく威厳のある声が、謁見の間に響き渡る。ガイナス・ロンドは跪いたまま顔を上げた。

声の主はオーランド国王。その横にはガイナスの知らない長髪の男性と、緑色の髪の少年が立っている。部屋の中には王弟ケイシーと、歴代最強と謳われたオーウェン前国王もいた。

王宮魔術師団長としての仕事に追われていたガイナスの元に、今朝いきなり国王からの使者が来て、至急謁見の間に来るようにと言われて今に至っているが、この息苦しい緊張感に手足が小刻みに震える。

「どうですか？　この者ですか？」

オーランド国王は、横に堂々と立つ男性と緑色の髪の少年に声をかける。ガイナスが見るに、男性の方は何処となくオーランドに似ていた。

「「違う」」

二人が同時に否定する。

「コーナスじゃない、魔力も違う」

長髪の男性――ジェスがきっぱりと断言する。

「コーナスじゃないね～、魔力もコーナス程じゃない」

緑髪の少年――マーリンも同じく否定する。マーリンはコーナス捜索の手助けこそしないが、面通しの役目は拒否しなかった。

オーランドは訳が分からずにいるガイナスに全ての事情を話すことにする。今の問答は、万が一コーナスがガイナスに成り代わっていたら、という疑いを晴らすためのものだったことも。

ガイナスは青ざめて、ジェスの方を向き急いで平伏した。

「初代国王陛下！　我が先祖コーナスの非道な行いの数々……何ということを……誠に申し訳ありませんでした！」

「お前達子孫に罪はない。……このまま子孫に迷惑をかけるのか!?」

いきなり大声を出したジェスに驚くガイナス。

「いるんだろ？　憎い俺がいるんだ！　出てこい！」

「「「「…………」」」」

全員黙って耳を欹てるが、何も反応がない。

「……あれ？　絶対いるはずなのに！　俺恥ずかしいんだけど！」

ジェスがあわあわと焦り出す。

「あーー！　嘘だろ！　あははは！」

マーリンは突然驚いた声を上げ、そして笑い出した。

「どうしたんだ？」とジェスが恐る恐る聞く。

「コーナスは今からやって来るよ！」

マーリンが言ったと同時に、謁見の間のドアが開く。そしてそこに立っていたのは——

「はいってもいいでしゅかーー！」

ユリアだった。

「「「ユリア⁉」」」

「はいりまちゅよ！　わるいちとつれてきまちた！」

ユリアの後ろからシロとクロノスに連れられて、コーナス・ロンドが現れた。酷く痩せ細り、頬はこけて随分老け込んでいる。シロ達が手を離すと、たちまち床に倒れ込んだ。

見る影もない痛々しい姿にジェスは驚く。

「一体何があったんだ⁉」

オーランドがユリアに近付いていき、怪我がないか確認した。

「ユリアはだいじょぶよー！　あにょね、ユリアのパンチでわるいちとたおちたの！」

「ユリアのパンチ？……え？」

反応に困り、上手く返せないオーランド。

説明を求め、皆の視線がシロとクロノスに集中した。

シロが淡々と説明を始める。

「コーナス・ロンドは、ガイナスの影に忍び込んで謁見の間まで来るつもりだった。だが、ユリアがそれを……阻止した」

皆がユリアを見る。ユリアは倒れているコーナス・ロンドをマーリンと一緒にツンツンしている。


それは今から数十分前に起きた。

いつものように中庭で遊ぶためにシロとクロノスと共に歩いていたユリアだったが、前方を歩いていたガイナスを見つけると、急にピタリと止まってしまう。

「どうしたんだ、ユリア？　お腹が痛いのか？」

「お前は食べすぎだぞ！」

そんなユリアを心配するシロとクロノスだったが、彼らも前方にいる男の異変に気付いた。

「あのちとのうちろがモヤモヤちてるー!!」

男の影に何かが潜んでいることに気付いたユリアは、追いかけようと手を伸ばす。

するとその手に吸い寄せられるように、黒く悍(おぞ)ましい煙が湧いて出てきた。ガイナスは自身の影に起きている異変に気付かず、そのまま王宮の中へと去ってしまった。

中庭に残された煙からユリアを守るように立ちはだかるのは、最強の魔物シロと竜王クロノスだ。

二人が簡単に黒い煙を吹き飛ばすと、そこから黒いマントを被った男が落ちてきた。

男の姿は骸骨のように痩せこけて、顔は青白く、死霊のような陰気さが更に悍ましさを際立たせていた。

その澱んだ目からは、あらゆるものを惑わせ地獄に落とすことに対し、何の躊躇いもない残酷さが滲み出ていた。そしてクロノスには、全てを憎んでいるような激しい怒りや悲しみ、そして〝後悔〟が感じとれた。

「うぅ……もう少しであいつの所まで行けたのに……くそ！」

悪態を吐きながら、悔しそうにユリアを睨み付ける男。

「お前のせいであの悪習がなくなり！　ルウズビュードが……苦労して破滅に追いやったはずのジェスが……!!　〝神の愛し子〟だと!?　そんなこと信じられるか!!」

ジェス復活の原因であるユリアに向かって、男は闇の魔法で攻撃してきた。

だが、ファイテングポーズをとってヤル気満々のユリアに攻撃が当たることはなく、体の周りに現れた防御壁に弾かれて、その攻撃が男に返っていく。ユリアに害をなす攻撃を撥ね返すという、クロノスの与えた加護だ。

男は自身に当たる寸前でかわしたが、驚きを隠せない。

「まさか……竜王の加護を得ているのか？　竜族とは国交を断絶したはずだぞ!?」

「ああ、やはりお前のせいか、コーナス・ロンド。父上を騙せたとは……まぁあの時は母上に色々あってルウズビュードにまで気が回らなかったんだろうが、あれからずっと後悔していた。ジェードの件も、誤解を招くような伝え方をしたな？」

竜王クロノスとして問うそのあまりの迫力に、一瞬怯（ひる）んでしまったコーナスだが、気を持ち直して話し出す。

「はじめまして。貴方が二代目竜王、クロノス様ですね。ラクロウ様は随分と心が弱いお方でした。奥方様の件で更に弱っておいでででしたので、ジェスやジェードがいかに非道かを丁寧にお伝えしました」

卑（いや）しく笑うコーナスの言葉を、クロノスはただ黙って聞いているだけだった。

しかし――

「きゅろをいじめりゅなーー!!」

クロノスの長い脚の間から顔を出して、ユリアは短い手で一生懸命にパンチを繰り出した。勿論この距離で拳が届くわけもない。そんな幼子を小馬鹿にして見ていたコーナスだったが、次の瞬間、勢い良く後方に吹っ飛び気絶してしまった。

「何が起こったんだ!?」

呆然とするシロと笑いが込み上げてくるクロノス。

「あははは！　ユリア！　お前のパンチ、強いな!!」

「えっへん!!　ユリアはちゅよいんでしゅ!!」

そう言ってまたパンチを繰り出そうとするユリアをシロが急いで止め、クロノスは気絶したコーナスを早速捕まえた。

そして今、謁見の間には転がるコーナスとドヤ顔のユリアという構図が生まれていた。

「コーナスがユリアに攻撃しようとして……クロノス様の強力な防御魔法に返り討ちにされたと？」

オーウェンは現実から目を背けようと、話を作り変えようとする。オーウェンとアネモネにとって、ユリアが常識外れの能力を次々と獲得していることは頭痛の種だった。

「ちがうもん！　ユリアがパンチしてたおちたにょ！」

だが、愛娘ユリアによって現実に引き戻される。

「ユリア～凄いね～！」

ぶれないのはオーランドだけだ。

「エヘヘ～！」

照れるユリアだが、正しくは、パンチした瞬間に強烈な波動がコーナスに向けて放たれたのだ。

ジェスはユリアの頭を優しく撫でると、倒れているコーナスの元へ歩いていった。

ジェスはコーナスの頬を叩いて無理矢理起こそうとする。そして頬の痛みで目が覚めたコーナスは、封印したはずの憎しみの根源を目の前に捉えた。

「おい、そんなに俺が憎いか？」

ジェスはコーナスの前に立ち問いかけるが、何も返答はない。コーナスはただ黙り、ジェスを睨み付けている。

「なぁ、コーナス・ロンドがこの時代で死んだら子孫達はどうなる？」

ジェスが後ろにいる魔神マーリンに聞く。

「変わらないよ。こいつがこんな感じになっちゃった後は、奥さんが息子のために家を守っていたからね。女傑って感じの凄い人だよ！　こいつには本当に勿体ないよ！」

「アイリーンか……彼女なら大丈夫だ」

そう言いジェスが笑うと、黙っていたコーナスがいきなり喚き出した。

「黙れ！　アイリーンも……お前のことを好いていた！　何処までも私のモノを奪っていくんだ！」

怒りに震えるコーナスの脳裏には、これまでの記憶が蘇っていた。


遥か昔の話だ。コーナスとジェスは、共に建国に力を尽くした同志であり親友だった。

ジェスという男は皆をまとめ上げるカリスマ性や、圧倒的な力、そしてその人柄で人々から支持されていた。

そんなジェスの右腕として苦楽を共にしていたコーナスには、アイリーンという愛しの妻がいたが、彼女はいつもジェスの話ばかりしていた。自分がどんなに頑張っても、アイリーンも人々もジェスを称賛する。二人の間には息子がいたが、それもコーナスの慰めにはならなかった。

次第に劣等感と嫉妬に苛まれるようになったコーナスは家に帰らなくなり、王宮で暗躍するようになる。ジェスがいなくなればアイリーンは、人々は自分を評価してくれると考え、ジェスを恐れる人族達を上手く利用することにした。

そして運命の日。

人族達からの和睦したいという申し出を喜んで受け入れたジェスを待ち受けていたのは、親友からの残酷な裏切りだった。

隙をついてジェスの封印に成功したコーナスは早速、国中に嘘の情報を流して国王の乱心だと広めるが、キリヤやジェードはその話を決して受け入れず、側近や国民すらも信じようとせずにジェスの行方を探し始めた。

そしてアイリーンもその捜索隊に参加すると聞いたコーナスは、更に怒りと絶望感で我を失っていき、禁忌とされる闇魔法を使い始めた。命を削る代償にキリヤやジェード、側近達に強い【魅了】をかけたのだ。そしてジェスや自身が大切にしていた国が滅びに近付くのを楽しんでさえいた。

ただ、アイリーンには【魅了】をかけられなかった。今のこの醜い姿を彼女だけには見られたくなかったのだ。

そしてジェードの死を見届けたコーナスは、彼の息子達にも【魅了】をかけた。王女は災いの種だと信じ込ませるために。

この頃、コーナスの暗躍によって粛清の嵐が吹き荒れ、そして疫病によって竜人達は確実に数を減らしていた。

　このまま混乱期が続けば国はいずれ破滅するだろうが、コーナスにゆっくりと見ている時間はもうない。そのため、ジェードの息子達を争わせる計画を立てていた時、ずっと持ち歩いていたジェスを封印した箱が急に光り出して、忽然と消えてしまったのだ。

　突然のことで酷く焦ったコーナスだが、何故か箱の気配は感じていて、後を追うために調べたところ、かなり先の時代に飛ばされたことが分かった。その時代に行くには更に命を削らなければならない上に、二度とこの時代には戻れない。

　考えたのはアイリーンのことだ。だが、こんな闇にまみれた男が近くにいない方がいいと思い、結局会わずに未来にやって来た。

　そして驚愕の事実が判明する。この時代ではあの悪習がなくなり、平和な国になっていたからだ。原因はユリアという王女で、その幼子は最強の魔物を従えた〝神の愛し子〟だという。エズラという少女を利用して、また一から暗躍しつつ、封印の箱を探し始めたが、問題が一つあった。この時代にやって来てからは、不思議なことに箱の気配が急に消えたのだ。

　そして、何もかも上手くいかないコーナスに追い打ちをかけるように、ジェスの気配が復活した。箱から出られたとしても待っているのは死しかないはずの忌々しい男は、何故か生きていた。

　王宮にいることが分かったので、ジェスをまた封印しようと子孫であるガイナスの影に隠れて無事に忍び込んだが、運悪くあの幼子に遭遇してしまったのだ。

自分が長い時間をかけて仕組んだルウズビュードの破滅はもう成し得ない。ならばせめて、ジェスだけでも――

コーナスの目が急に生気を取り戻し、ジェスを見つめた。

「フッ……目の前にいるなら丁度いい!!」

コーナスが手に握っていたのはあの封印の箱だった。開いた箱から湧いて出た黒い煙が禍々しくジェスに襲い掛かろうとする。だが……

「ていやーーー！」

ユリアが気合いを入れ、コーナスに向けて渾身のパンチを繰り出す。またもユリアの拳の先から物凄い波動が放たれた。

「ぐぁあああ！」

コーナスは防御魔法を発動するが、全く効果を発揮せず直撃した。開いた口が塞がらない一同をよそにユリアはキャッキャと喜んでいる。

「ユリア～凄いね～！　これで近寄る男達を……」

「兄上！」とケイシーがオーランドを窘める。

「ブハッ！　ユリア～本当に凄いな！」と爆笑するマーリン。

オーウェンとジェスは未だに唖然としていたが、ユリアはドヤ顔でふんぞり返っている。

「どうなってるんだ？」

オーウェンはシロに聞く。

「……多分創造神ラズゴーンの加護というか、相当愛されているな」

根拠はないが、今までとは別格の神が力を授けたとしかシロには思えなかった。

「俺の防御魔法いらねーな」

シロの推測を聞いて苦笑いするしかないクロノス。

そして一同は自然とユリアを見る。

「えい！　えい！　やー！　えい！　えい！　やー！」

一生懸命にパンチの練習をしている姿は微笑ましい。

「……あの〝やー！〟って拳を上に上げるのは何でだ？」

シロはつい笑ってしまう。

「あぁ～天使のように可愛いな～」とオーランドは通常運転だった。

「マーリン、ジェスはもう元の時代に戻れないのか？　誤解を解いてやりたい」

クロノスが、ユリアを見て笑うジェスを見ながら聞く。

「……うーん、戻せるし誤解も解けるけど、絶対駄目だ。ジェスが戻ると歴史が変わるから、ユリアが生まれなくなる可能性が高いんだよ」

「それは駄目だ！」

それを聞いたクロノスが焦り出す。

「僕も同じ意見だよ！　ユリアとは友達になったんだ！　それにラズゴーン神が許さないと思うよ？……僕もあまり過去には介入できないからね」

妙に納得して頷き合うクロノスとマーリン。

「ジェス、お前には悪いんだが元の場所には戻ることは……」

「分かってる」

ジェスはクロノスの言葉を遮るようにそう答え、一拍おいてこう続けた。

「未練がないと言えば嘘になる。キリヤやジェードに申し訳ない……苦労をかけた上にあんな仕打ちを受けて……」

ジェスが悔しそうにしているのを見て、笑い始めるコーナス。もう起き上がる力は残っていないのか、床に転がったままだ。

「そんなに憎いか？」

「ああ！　お前は何もかも俺から奪った!!　権力！　名声！　そして彼女も!!」

喚き散らすコーナスからは憎しみが滲み出ていて醜い。シロとオーウェンがユリアの耳を塞ぐ。

「彼女ってアイリーンか？」

「お前が気安く名前を呼ぶな!!」

その二人の会話を聞いていたマーリンが、喚くコーナスに近付いていく。

「僕はアイリーンの最期を見てきたよ」

静かに話し出すマーリン。

「何？　お前は何者だ!?　アイリーンに何かしたら許さないからな!!」

「何もしてないよ。僕は魔神マーリン」

魔神と聞いて驚くコーナスと子孫であるガイナス。

「アイリーンはとても素晴らしい女性だよ。お前が領地を去った後もロンド公爵家を守って必死に息子を育て上げた。聡明(そうめい)で心優しい故に、お前の行ったことに酷く心を痛めていた」

マーリンの話を聞いて目を見開くコーナス。

「待ってくれ……アイリーンは何も知らないはずだ……」

「そんなわけないだろ！　お前を必死で探していたが、見つからず苦しんでいたぞ？　息子にも父親の所業を言えずに……だから僕は彼女がお前を憎んでいると思っていた」

「憎むどころか愛されてさえいなかった……」

自嘲気味に笑うコーナス。

「彼女は息子を立派に育て上げたよ。そして結婚したのを見届けて、力尽きるように病に倒れたよ」

それを聞いたコーナスは必死に起き上がり、マーリンの足にしがみつく。

「そんな……ああ……アイリーンは……どうなったんだ!?」

「それからすぐに家族に見守られながら亡くなったよ。でも驚いたことに、彼女が最期に呼んだのはコーナス、お前の名前だったよ」

アイリーンは病に臥せっていても気丈だった。だが、最期の時になって彼女は息子に弱音を吐いたのだ。

〝コーナスに会いたい〟

涙を流しながらそう訴えて、ずっと大事に持っていた夫の杖を抱えて亡くなった。そして、アイリーンは自分が亡くなった後にコーナスが帰ってくるかもしれないと手紙を残していた。マーリンはそれを取り出してコーナスに渡した。

「見てみろ！」

渡された手紙を、震える手で恐る恐る開いていくコーナス。病に侵されながらも震えた手で懸命に書いたのだろう、読みづらいが一文字一文字に重みがある。

コーナスへ

貴方がこの手紙を読んでいるということは、私は死んだのでしょう。

やっと帰ってきたのね。お帰りなさい。

でも貴方が行ったことは決して許されないことです。何も知らない息子に迷惑をかける前に消えてください。

先に地獄で待っています。貴方が早くこちらに来ることを祈っています。

私がジェス国王陛下を尊敬しているのをお慕いしていると勘違いしていたみたいですが、コーナス、貴方の真面目なところや正義感に溢れたところが大好きでした。早く貴方の誤解を解いていればと今は後悔しています。

闇に堕ちてしまった貴方を助けられずごめんなさい。見つけられなくてごめんなさい。憎めなくてごめんなさい。

最後にこれだけは言わせてください。

今でも心から愛しています。

アイリーンより

短い手紙だった。

だが読み終えたコーナスは嗚咽を漏らす程に、人目を憚らず泣き崩れた。

「全てはお前の責任だ。同情もしないし、今でも怒りに任せて殺してやりたい。……許せないし、許されないことをお前はしたんだ。俺だけじゃなくキリヤやジェード、国民、そしてアイリーンに……馬鹿なことをしたんだよ！」

ジェスに責められてももう言い返すことはなく、コーナスはただ手紙を握りしめながら涙を流していた。

「オーウェン、こいつの処分については後で話そう」

虚しさに苛まれながらも、気丈に振る舞うジェス。オーウェンは黙って頷いた。

「じぇちゅどーちたの？　ぽんぽんいたいにょ？」

異変に気付いたのか、よちよちとジェスの前にやって来るユリア。

「ふふ……お前は本当に面白いな」

「エヘヘ～、ユリアおもちろい～？」

何故か照れるユリア。

「ブハッ！　あぁ面白いな！」

涙を流しながら笑うジェスを見て、足にしがみつき離れないユリアであった。

「ジェス様、今後のことですが……」

ケイシーが話を切り出そうとしたが、ジェスはもう決めているようだった。

「ああ、ユリアの護衛兼世話係をしながらゆっくり考える……」

「ちがうにょ！　ユリアがじぇちゅのしぇわをちゅるの！」

足にしがみつきながらそう宣言するユリア。

「ブハッ……ハイハイ。よろしくな！」

「うん！　よろちくにゃ！」

「ハイハイ～！　反対、反対します！」

そう言ってジェスに食ってかかりそうなオーランドを、ケイシーが必死で止める。だが、彼も少しジェスを羨ましく見ていた。

「そのうち先代……ラクロウにも会いに行くか」とジェスはポツリと言う。

「あぁ、また交流してやって欲しい」とクロノスが笑う。

「いちょがちくなりまちゅよ～！」

何故か張り切るユリアに、その場は笑顔に包まれた。

†

オーウェンは倒れていたコーナスを抱えて、ジェスと共に地下牢へ行くため、廊下を歩いていた。

皆が黙ったまま進んでいたが、オーウェンがふと疑問を口にした。

「何故ユリアとルイーザを陥れる真似をしたんだ？　お前はあくまでもジェス様を憎んでいたはずだろ？」

コーナスはオーウェンを見ることなくポツリと話し始めた。

「お前も歴代最強と言われるだけあるな……ジェスにそっくりだ。単に王女が認められたらあの恐怖の王の話も霞んでしまうからな。ジェスにはずっと壊れた王でいてもらわないといけないと思って……」

オーウェンは歴代の王や自分の葛藤を思い出し、我慢できずにコーナスを殴り付けるが、彼はされるがままでもう抵抗しない。

「この外道が！　お前のせいで何人の王女が犠牲になったと思っている!?　ユリアも……ルイーザも何のために！」

「げほっ……俺は謝らない……後悔はしない!!」

口から血が流れているのもお構いなしに、拳を床に叩きつけて叫び続けるコーナスを見て、オーウェンは自分の頭が冷えていくのを感じた。隣でジェスも無感情にそれを見つめている。

「アイリーン……すぐに俺もそこに行くよ……うぅ……」

手紙を大事そうに抱えながら、遠くを見つめて笑うコーナス。

「こいつをどうしますか？」

「ああ、聞きたいことがあるから暫く地下牢に入れていて欲しい」

ジェスには気になっていることがある。いなくなったキリヤの安否だ。マーリンはこれ以上の協力をしてくれそうにないので、情報源になるのはコーナスだけである。

今は話せる状態ではないコーナスを落ち着かせてからゆっくり話そうと決めたのだった。

†

「じぇちゅ！　こうでちゅよ！」

「こうか？」

国王の執務室に明るい声が響く。

短い腕を前に出すユリアと、それを見て笑いを堪えながら真似するジェス。

「まだまだでしゅね」

それを見て鼻で笑うユリア。

その言葉に我慢ができずに爆笑するジェスとマーリン。その横でオーランドとケイシーが側近達と、ユリアとルイーザを国民にお披露目するための式典の話を進めていた。

「日程はなるべく早く決めよう」

「陛下、ガイナスは帰してもよろしかったんですか？」

「ああ、何も関わってないからな。優秀な魔術師団長を失いたくないのもあるが、あいつはユリア親衛隊の会員だ！」

その言葉で静まり返る執務室。

「兄上……。まぁこちらも〝調べた〟ところ、潔白が証明されたので帰しました」

ケイシーはクロノスを見ながら報告する。クロノスは先程ガイナスの全てを見たが、コーナスとの繋がりはなかった。だが彼とユリアの微笑ましいやり取りまで見えてしまい、大笑いした。

「王女が受け入れられると良いですね」

側近が言うと、オーランドが不敵な笑みを浮かべたのだが、手を組んで顔を隠したので誰も気付かなかった。反対する輩（やから）がいたらどうしてやろうか、とつい悪巧みをしてしまったのだ。

話を聞いていたジェスが口を挟む。

「その親衛隊ってやつは、ユリアの護衛兼世話係の俺も会員になれるだろ？」

「……。構いませんけど、初代国王陛下でも一般会員からですよ」

オーランドはそう言うと、ユリアの姿絵が入ったコインを渡す。

親衛隊は創設メンバーのみ黄金カードを付与されており、その次からは階級制でバッジかコインが支給される。黄金バッジ、銀バッジ、銅バッジ、黄金コイン、銀コイン、銅コインの序列だ。

「俺は銅コインからスタートか！」

そこにユリアもやって来て興味津々でコインを見つめる。

「いいにゃー！　ユリアもほちい！」

ピョンピョン跳ねてジェスからコインを奪おうとするユリア。ジェスが苦笑いしながらユリアに渡すと、早速嬉々として落書きを始める。

「じぇちゅどうじょ！」

コインに描かれているのは恐らく花だ。それををジェスが受け取ろうとしたが、横からオーランドの手が伸びてくる。

「ジェス様！　黄金バッジあげますから、それをください！」

オーランドの鬼気迫った姿にドン引きしながら、ジェスは持っていたコインを恐る恐る渡したのだった。

第3話　秘密の集会

皆が寝静まった深夜、街の片隅にある寂(さび)れた酒場。そこに足を踏み入れる深くフードを被った、恐らく男性であろう二人組。

酒場の屈強なマスターが二人をちらりと見た後、すぐに持っているグラスを拭き始める。

「〝注文〟は？」

グラスを拭きながら聞いてくるマスター。

「〝エンジェル・ハート〟」

フードを被った男性の一人が答えるとマスターはグラスを置き、奥にあるドアの鍵を開けて二人を通す。一人は慣れた感じだが、もう一人は辺りを見回しながら入っていく。

静まり返る寂れた廊下を歩いて、一番奥のドアの前に立つと戸を叩く。

「〝天使と言えば〟」とドアの向こうから声が聞こえてくる。

「〝ユリア〟」

フードを被った男性の一人が答える。

するとドアが開き、男達は中に入れてもらえた。

円卓になっているテーブルには数十人の年齢がバラバラの男女が座っていて、男達が入ってくると全員立ち上がって一礼し、黄金のバッジを見せる。

「皆、よく集まってくれた。座ってくれ」

フードを脱ぎ皆を座らせて、自らも円卓の中心に座るオーランド国王。

「貴方もフードを脱いでください」

オーランドが連れの男に言うと、男はフードを脱ぐ。すると、一人の男性がフードを脱いだ男に気付いて平伏す。

「ジェス初代国王陛下！」

平伏したのはガイナスだ。

「おおっ！　ガイナスか！　お前も黄金のバッジなんだな！」

初代国王の登場に皆がガイナスに倣おうとしたが、それをジェスが止める。オーランドが話を始めようとした時、ドアを叩く音がした。

「メンバーは揃っているよな？」

オーランドが言うと皆が頷く。ドア近くにいた男性が合言葉を問いかけるが、外にいたのはマスターで酷く焦っていた。オーランドがドアを開けてマスターを入れると事情を聞く。

「どうした？」

「……赤ん坊が来ました」

「「「「はぁ？」」」」

その場の全員が驚く。

そしてマスターの背中から、見覚えのある赤ん坊が顔を出した。

「たぁ！（よっ！）」

それは手を振るルイーザだった。

「ルイーザ伯母上……え？……えええーー！」

「たぁたぁ！（うるさい！）」

耳を塞ぐルイーザ。

「お前どうやって来たんだ？」

ジェスが不思議そうにルイーザに問いかける。

「俺が説明するよ〜！」

部屋が光り出して、魔神マーリンが現れた。マスターの背中に引っ付くルイーザを回収していたオーランドは驚く。

「マーリン様!?　ってことはルイーザを連れてきたのは……」

「僕〜！　ルイーザって魔力が凄くてさぁ、しかも僕と魔力の波長が合うんだよね。今日はルイーザの魔力が乱れていて、心配で見に行ったんだ。そしたらオーランドの後をつけたいって言うからつけてきたんだよ！　何〜、何が始まるの〜？」

唖然としている皆を着席させ、オーランドは取り敢えず横にルイーザとマーリンを座らせて一度深呼吸すると話を始める。

「ではユリア親衛隊幹部諸君！　ユリアについての報告会を始める！」

「「「よろしくお願いします！」」」

そう声を上げてバッジを掲げる幹部達。

それを見て爆笑するマーリンだが、何故か不満そうなルイーザはオーランドに何やら抗議している。

「たぁ！　あうー！」

「伯母上？　オムツですか……いてっ」

ルイーザに赤子とは思えない力で叩かれたオーランドは驚いている。

「あー……ルイーザもバッジが欲しいみたいだよ？」

マーリンがルイーザの気持ちを通訳する。

「伯母上……バッジはある程度活動に貢献しないと……」

「たぁ！」

ルイーザはポケットから紙を取り出してオーランドに渡した。不思議そうにその紙を広げて見たオーランドは涙を流して、即座にルイーザへ黄金のバッジを渡したのだった。

ジェスが紙を覗くと、大きい丸に点が三つあり、毛のようなものが何本か生えている絵に、「にー

に」と書かれている。間違いなくユリアの描いたものだ。

バッジをもらったルイーザは目をキラキラさせて喜んでいた。

「改めて報告会を始める」

オーランドの掛け声と共に、ユリア親衛隊幹部によるユリアの報告会が始まった。彼らは胸に黄金のバッジを付けていて、その横でドヤ顔でバッジを付けてもらうルイーザを皆微笑ましく見ている。

「まずは私からですね」

そう言って手を挙げたのは、王宮騎士団団長レオポルド・ローエンだ。金髪碧眼(へきがん)の王子様のような風貌(ふうぼう)だが、戦いになると人格が豹変(ひょうへん)することで有名な人物だ。

「この前、ユリア様がご自分で一生懸命掘っていた穴に落ちていました。とても浅かったので怪我などはありませんがいつも以上に泥だらけでした！　あの恥ずかしそうなお顔が可愛らしくて！」

「それは見たかったわ！」

「うむ、元気で何よりです！」

様々な声が出る中、一生懸命笑いを堪えるマーリンとジェス。

「ぶっ……ユリア見られてるぞ」

「ふふっ……っていうかユリア何やってんの？」

「うん、相変わらずユリアは可愛いが、穴掘りは危険だ。私から注意しておかないと……」

オーランドが何やらノートに書き込んでいる姿に、ドン引きするマーリンとジェス。

「こんなでも有能らしいから大丈夫でしょ……多分」

「まぁ……」

次々とユリアの報告が進むが、その内容ときたら、「池に落ちそうになってカイルとルウが二人がかりで助けていた」とか、「中庭にある初代国王の石像に泥団子を当てて遊んでいたらアネモネに怒られて泣いていた」など散々な内容だが、幹部やオーランド、そしてルイーザは悶えている。

「ユリアは一体何やってんだぁ～いてっ！」

報告を聞く度に笑いが止まらないマーリンだが、怒ったルイーザにその都度ぶたれる光景は異様だ。

「俺は複雑だ」

ジェスは自分の石像が泥まみれなのを想像して苦笑いするしかない。

「私はユリア様が白い犬とお散歩しているのを見ましたわ！　とても微笑ましくて絵師に描いて頂きましたのよ！」

レニー夫人が熱く語ると、オーランドがその絵師を紹介するようにと圧をかけていた。

「たぁ！（わたしね！）」

ルイーザが手を挙げて自分の番と主張して、マーリンを見て通訳するように目で合図する。

「たぁ！　たたぁあうぃー！」

「ぶっ……いてっ！　分かったよ！　〝私はユリアからいっぱいプレゼントもらっているのよ！〟」

「「「え!!」」」

ルイーザは幹部達を見回して、ポケットから、しわくちゃになっているが、しかし光り輝く紅い花を取り出して見せびらかす。皆は唖然としてその花を凝視している。

「……伯母上、それはユリアからもらったのですか？」

「あうー……たぁ！」

答える途中で首を横に振り、全力で否定して花をポケットに戻そうとするルイーザ。どうもこの花は出してはいけなかったようだ、と皆の視線から察した。

マーリンが呆れてツッコむ。

「いや、もう遅いって。これは万能薬になる花、〝聖花〟だよ。この世界にもう存在しないだろうと言われている花だよ」

「ユリア……。皆、すまないがこれは見なかったことにしてくれないか？　このことが知れたらユリアは世界中から狙われる」

オーランドの頼みに皆が全力で頷く中、ルイーザは自分がユリアを危険に陥れた事実に落ち込んでいた。

「落ち込むな、ユリアは大丈夫だ。ここにいる親衛隊の面々も結構凄い奴らだと思うぞ？　きっと守ってくれるさ」

そう言ってルイーザを励ましながら、マーリンは内心、幹部達の【鑑定】をしてドン引きしていた。

†

そんな秘密の集会が行われているとは知らずに、ユリアは今日も元気に王宮内を走り回っていた。カイルは母であるナタリーの所に行き、ルウも桔梗にべったりなので、ユリアは妖精コウとフェンと共によちよち廊下を歩いている。

「ユリア王女、おはようございます」

「あー！　ばりぇりーしゃんだー！　おはよーごじゃいましゅ！」

ユリアは前から歩いてきた王宮女官長バレリーに寄っていくと挨拶をする。心の中では悶えまくっているが、平静を装いにこやかに対応するバレリー。バレリーは王宮内で絶大な力を持ち、ユリアに敵意のある女官や貴族に〝様々な〟教育をしてきた。

一方、コウとフェンはぶるぶる震えている。何故かというと、いつも悪戯(いたずら)してバレリーに怒られているから、彼女の怖さを知っているのだ。

「今日も可愛いですわ」

「エヘヘ～ありがとごじゃいましゅ」

バレリーは黄金バッジを持つユリア親衛隊幹部の一人だ。ユリアと手を繋ぎ、いつもの遊び場である中庭まで一緒に行くと先客がいた。

「これは偶然じゃのう～！」

杖をついた白髪のお爺さんが、中庭のベンチに座っていた。

「あー！　チョコじいだぁ～！」

そう言うと、ユリアはお爺さんの元に駆け寄って挨拶をする。

「いつも良い子じゃなぁ！　ほれ、チョコじゃ、皆でお食べ」

お爺さんが指を鳴らすと、ポンとチョコレート菓子が出てきてユリアの手に渡る。

「わぁ～！　ありがとごじゃいましゅ！」

ユリアはいつもチョコをくれるこのお爺さんをチョコじいと呼んでいるが、実際は偉大な大賢者ヨルムンドであり、神出鬼没で誰も居場所が分からない。何千年も生きている最強の魔術使いで、何処の国にも属さないし干渉もしてこなかったが、友人である魔神マーリンの話に興味を持ったヨルムンドは、初めてユリアに会った時にその可愛さに簡単に落ちた。

連絡しなくても秘密の集会には必ず現れるし、こうしてユリアの前に突然現れるのだ。バレリーもこの大物には何も言えず、一礼して去っていく。

「チョコじい！　きょうもおだんごちゅくるの～！」

「ホホホ、そうかそうか。子供は元気に遊ぶのが一番じゃ！」

ユリアとコウは、ユリア専用の砂場で泥団子を作っている。フェンはチョコじいの足元で昼寝を始めている。

「ちょっと！　何で中庭に砂場があるのよ！　品位がないわ！」

「兄さんは何を考えているんだ？」

派手な服に身を包み、宝石を体のあちこちにちりばめたふくよかな女性と男性が立っていた。

「あら、ほらあの子じゃない？　忌み子のユリアよ！　オーウェンとアネモネの子でしょう！」

女性の方がユリアを指差して騒ぐ。男性はおぞましい者を見るように睨み付ける。

「兄さんはどうかしている！　あの赤子も生きているみたいだしな！　お披露目会など断固反対だ！」

「もう〜うるちゃい！」

横でべらべら大声で話す男女に、ユリアがぷんすか怒る。コウも怒って男女の周りを飛ぶ。

「おい、あれは妖精か⁉　捕まえたらいくらの値が付くんだ？」

「本物なの⁉」

男女は驚いてコウを見る。

「取り敢えず兄さんにこいつと赤子の始末を頼もう！　国に災いが起こってからでは遅いからな！」

「そうね！」

大体の事情が掴めたヨルムンドが男に声をかける。

「お主はオルトスの弟か、外見も中身も似ておらんのぉ」

「何だジジイ！　誰に向かって言っている！」

男はヨルムンドに詰め寄ろうとしたが、顔面に何かが当たる。

「ぐえっ！」

「貴方⁉」

男の顔面に泥団子が直撃して、顔が泥まみれになる。コウが投げつけて、それをユリアが応援している。

「チッ！　ぶっ殺してやる！」

男がコウとユリアに近付こうとした瞬間、ヨルムンドが手で払う仕草をする。すると男は思いっきり吹っ飛ばされて壁にぶち当たり失神してしまう。

「ちゅごーい！　あにょね、ユリアもパンチつよいにょ！」

「ホホホ、今度見せておくれ」

「うん！」

女は失神している男に駆け寄り、ユリア達を睨み付ける。

「何事だ⁉」

この騒ぎにオーウェンとアネモネが駆けつけ、ユリア達は二人に手を振る。

「とうしゃん〜！　かあしゃん〜！」

よちよちと歩いていきオーウェンに抱っこしてもらうが、オーウェンはベンチに座るヨルムンドに気付き、驚いて近寄る。

「ヨルムンド様、お久しぶりです。二百年ぶりですね！　どうしてここにいるんですか？」

「おお、オーウェンか！　久しぶりじゃのう！　アネモネも元気そうで何よりじゃな」

「ヨルムンド様もお変わりなさそうで良かったです」

和気あいあいと話している横からヒステリックな声が響いた。

「オーウェン！　早くこの人を回復させてちょうだい！　それにこのジジイを捕まえなさい！」

オーウェンとアネモネは冷めた目で倒れている男と叫ぶ女を見る。

「これは誰かと思えばヨグルとアンジェか」

「ちょっと！　貴方の叔父（おじ）とその妻よ！　何なのその態度は！」

「俺や父上を暗殺しようとした奴らに言われたくないな。それで何しに来た？　お前達は王宮内には入れないはずだが？」

「あんたが忌み子を始末しないから進言しに来たのよ！　それに例の赤ん坊のことも聞いたわ！　オルトスは正気なの⁉」

「本当に相変わらず醜い人だな。あの悪習は絶ち切らないといけないんだ！」

「そんなことをしたら初代国王陛下の呪いが……」

「俺か？」

「あー！　じぇちゅあしょぼー！」

後ろからジェスがやって来たのでユリアが嬉しそうに手を振る。オーウェンからユリアをさらりと奪い抱っこするジェスは、倒れているヨグルと鬼の形相のアンジェを見て話し出した。

「俺の呪いだって？　ユリアを傷つけるようなことがあったらそれもあるかもな」

ジェスの底知れぬ威圧感にガタガタ震えるアンジェ。目の前にいるこの男が噂に聞いていたジェス国王らしい。噂が真実かどうかを確かめるためにも王宮に来たのだが、まさかあちらからやって来るとは思っておらず、急いでヨグルを叩き起こすアンジェ。

「あなた！　起きて！　ジェス国王陛下がいらっしゃるわよ！」

「んー……頭が……おい！　揺さぶるな！」

「そんなことを言ってる場合じゃないわよ！　目の前にいる御方が初代国王陛下よ！　噂は本当だったのよ！」

「王女を生かしているから、怒りでお見えになったんですね⁉　申し訳ございません！　今すぐにでも始末いたします！」

二人はジェスに平伏しながら物騒なことを言う。

「ユリアとルイーザを始末するってことか？」

「じぇちゅ～、しまちゅってにゃに～？」

首を傾げるユリア。そんな幼子を見て優しく背中を擦るジェスから恐ろしいオーラが放たれる。

「我、ジェス・ルウズビュードは今後の王女誕生を認める！　始末するようなことをしたら我が許さん！　良いな！」

「よいなぁ～！」

ユリアも指差してジェスの真似をする。

ジェスの放った一言がその場に重く響き渡る。オーウェンやアネモネは涙を流して平伏した。ヨルムンドは目を閉じて微笑み、周りの兵士達や女官達も拍手をして喜んでいる。

「ああ……ですが忌み子を……」

「おい、忌み子と言うな」

ジェスが震え怯える夫妻を更に睨み付け言い放った。

「そうでちゅよ！　ユリアはいりこじゃにゃい！」

「ユリア……ブハッ」

オーウェン達やヨルムンド、それに周りも我慢できず笑ってしまう。ジェスも苦笑気味だ。

更にユリアは地面に降ろしてもらうと、よちよちと夫婦の元へ歩いていき、ドンと仁王立ちになる。コウは目を覚ましたフェンに乗り、フェンは夫婦に向かい唸り声を上げている。

ユリアは大きく息を吸うと……

「ひっとりゃえろーーー！」

「「おおーー！」」

兵士達は喜んで悪態を吐いている夫妻を捕らえた。

「ユリア、良い子じゃな！　ほれ、お菓子じゃ！」

「わーーい！　チョコじい〜ありがとごじゃいましゅ！」

お菓子をもらいピョンピョン跳びはねて喜ぶユリアに、皆がその笑顔を守ろうと改めて思うのだった。

「……チョコじいって……ブハッ」

オーウェンはチョコじいと呼ばれて喜ぶ大賢者ヨルムンドを見て笑ってしまったのだった。

「さて、と。そろそろ行かねばなるまい」

「チョコじい……もうかえっちゃうにょー？」

ユリアは寂しそうにヨルムンドを見る。

「ユリアのお披露目会には必ず参加するからのう！　今から楽しみじゃ！」

ヨルムンドは愛おしそうにユリアの頭を撫でると、ふいに指を鳴らし一瞬で消えていった。

ジェスは眉を八の字にしているユリアに優しく声をかける。

「また会えるから寂しがるな。そうだな……今から散歩に行くか？」

「行くーーー！」

「俺も！」とコウも賛成しながら飛び回っている。

『おいりゃも！』と尻尾を振って喜んでいるフェン。

こうしてジェスとおちび達は散歩に出かけることになった。

ちなみに、オーウェン達はヨグルとアンジェのことをオーランドやオルトスに報告しに行った。

「皆忙しくてお前の相手ができないから寂しがってたぞ」

「ユリアもしゃびちい……」

小さな歩幅で歩くユリアと手を繋ぎ、中腰になりながらも話を聞いてあげるジェス。

「お前のお披露目会が近いからな、楽しみだな！」

「うん！　どれしゅきるにょよ！」

ドレスが着られることが嬉しいのか、ドヤ顔で言うユリア。そんな可愛いユリアにジェスも微笑んでしまう。

「あっ！　ちょーだ！　じぇちゅにひみつのばちょ、おちえてあげゆ！」

「秘密の場所？……嫌な予感がする」

「こっちでちゅよ！」

ユリアがジェスを引っ張るように連れていった先は、王宮内の医務室。ユリアは慣れた感じでドアを叩く。

「トントン！　ユリアでしゅよーー！」

「なんだ医務室か」

安心するジェスだが、油断は禁物だ。

「はーい」

中から女性の声がしてドアが開く。そこに立っていたのは明らかに竜人族ではない人物だったが、そんなことより、なんとドアを開いた先が神秘的な森になっていたことの方が驚きだ。見たことのない色とりどりの花が咲いていていてとても綺麗である。

「ユリア、いらっしゃい！」

煌（きら）めく緑の髪と瞳が美しい女性がユリアを抱っこする。

「あら、この前お会いしたわよね」

ジェスに気付き微笑む女性。

「ああ……そういえば、親衛隊の集会にいたな。髪の色とオーラが違うが確かにいた。竜人族の貴族かと思ったが……ユリア～、何処で会ったんだ！」

「よばれてここにきたりゃ、もりがあったにょ～！」

「うふふ。私も会いたくてユリアを呼んだのよ」

「エヘヘ～」

「うふふ」

「何で森の精霊ドライアドと知り合えるんだ⁉　愛し子恐るべし！」

呆れるジェスをよそに、ユリアを抱っこしながら森を歩いていくドライアド。その後ろをフェンに乗ったコウが続く。

森を進んでいくと、とんでもなく大きな木に辿り着く。物凄いエネルギーを発するこの大木を見て腰を抜かしそうになるジェス。

「おいおい嘘だろ……俺は夢でも見てるのか？」

「じぇちゅ〜、はやく！」

ユリアが手招きするが、驚いて動けないジェス。

【ユリアか、相変わらず小さいね。ちゃんと食べてるかい？】

大木から優しく低い声がした。

「ちいしゃくにゃい！　ごはんたべまちたよ！」

ユリアはぷんすか怒り、大木をぺちぺち叩く。

「ユリア！　やめろ！　このちんちくりんが大変申し訳ございませんでした！」

「ちんちくりんじゃにゃい！」

ぺちぺちするユリアを小脇に抱えて平謝りするジェスは生きた心地がしない。

【ブハッ！　ちんちくりんっていいね！】

そう聞こえたと思ったら大木が光り出して、一人の美しい男性が現れた。彼もまた煌めく緑の美しい髪と瞳が神秘的で、そしてその男性にもジェスは見覚えがあった。

「集会にいましたよね？」

「ああ！　君もいたね！」

ユリアは男性の所に辿り着くと、ぺちぺちを再開する。ジェスが急いでやめさせようとするが、ドライアドに止められる。

「いつものことよ」

「ユリア親衛隊幹部……何なんだ？　世界樹ユグドラシルに森の精霊ドライアド、大賢者ヨルムンドに天災級の魔物達にドラゴン、魔神に妖精……凄まじいな……」

「あら、貴方もその一人よ、〝変人王〟ジェス・ルウズビュード」

ジェスは溜め息を吐き、ユリアを見ると、本人はユグドラシルに肩車されて喜んでいた。

第4話　軍部のマスコット・ユリア！

「ユリア！　秘密の場所は誰にも教えるなよ！」

「わかりまちた！」

あの空間から戻ってきたユリアとジェスは廊下を歩いていた。ジェスは歩きながらもユリアにあの場所のことを黙っておくように、口が酸っぱくなる程言い聞かせていた。

ユリアのペースに合わせてゆっくり歩いていると、前方から歩いてきた複数の大柄な体格の男達に囲まれてしまう。

「何の真似だ？」

ジェスがユリアを抱っこして男達を警戒する。

「あーー！　こんちわ！」

だがユリアはこの男達を知っているのだろうか、笑顔で挨拶する。すると男達は涙を流して跪いた。

「助けてください！　ユリア王女！」

†

ここは軍部執務室。

この部屋に漂う恐ろしい程の殺気。震えながら書類に向き合う男達は、その殺気の源を決して見ようとはしない。

そこに勇敢にも近寄る一人の男がいた。

「将軍！」

「何だ」

そう呼ばれたチェスターは血走った目で呼ばれた方を振り向く。

「ばぁ〜！」

笑顔のユリアがそこにいた。

チェスターが自分の方を見た瞬間に、男がユリアをチェスターの顔の前に出したのだ。

「おちび！」

「おちびじゃにゃい！　ユリア！」

ぷんすか怒るユリアをじっと見つめるチェスター。

「お前元気か？」

「げんきでしゅよ！　あにちはげんきでしゅか〜？」

「そうだな……元気になったかもな」

そう言ってユリアを膝に乗せて書類に向き合うチェスターは、先程の殺気が嘘のように穏やかな雰囲気になっていた。

「ふんふんふ〜ん……ふふふ〜ん」

「ブハッ！　何の歌だよ！」

「あちくちゃいのおうた〜」

「おい！　まだ言ってんのか！」

「キャハハハ！」

そんな光景を見て、心からユリアに感謝する部下である男達。ちなみに、「あちくちゃい」とは「足臭い」のことで、ユリアや他の子供達はチェスターの足が臭いことを度々笑いの種にしていた。

ふとチェスターは、部屋の隅にいるジェスに気付き頭を下げる。

「チェスターだったな、ユリアとルイーザのお披露目会の警護体制を考えるのに苦労しているな」

「あー……まぁ、こんなちんちくりんでも大切な孫なんでね」

「ちんちくりんじゃにゃい！」

ぷんすか怒るユリアは、チェスターの腕をぺちぺち叩く。

「おー、痒い痒い！」

「ぐぬぬ！」

悔しそうなユリアを優しく見つめるチェスター。最近忙しくてユリアに会えずイライラしていたのは事実だ。だが大事な孫のために少しでも安全なお披露目会にしたくて、いつもはサボり気味な仕事を真剣に行っていた。

特に今回の式典は、貴族向けの会と国民向けの会で日を分けて開催するため、考えるべきことが多い。前者の会では国外から賓客を招く予定もあるので、尚更気を遣う必要があった。

「あにち～おやちゅたべたい！」

「お前……食べてばっかりだな！」

そう言いつつもおやつと飲み物を用意させるチェスター。ジェスも椅子に座り、出てきた紅茶を優雅に飲むがその姿は絵になる。

「おい！　書類を汚すなよ！」

ユリアがぼろぼろとこぼしながら食べるので、チェスターの書いている書類に食べかすが落ちてくる。

「ちゅみまちぇん」

そう言うとユリアは食べかすを小さな手で一生懸命払うが、更に書類が汚れていく。

「……ブハッ！　豪快な孫だな！」

見ていたジェスは噴き出し、部下達も肩を震わせている。

「まぁ……読めればいいか！」

「そうでちゅね！」

似た者同士の祖父と孫であった。


「そろそろ昼飯の時間か」

チェスターは時計を見て呟く。ユリアは来客用のソファーに座り、お絵描きを楽しんでいる。

ジェスが絵を覗き込んだ。

「おー、可愛い豚だな」

「ちがいまちゅよ！　ネコしゃんでしゅ！」

ジェスにぷんすか怒るユリアを見て、自然と笑顔になるチェスターと、それを微笑ましく見つめる部下達。

「……おいおちび！　一緒に飯食いに行くか？」

「いきまちゅ！」

チェスターの言葉に跳びはねて喜ぶユリアのお腹が可愛く鳴る。

「俺も行こう！　この時代の食堂に興味がある」

「ジェス様も行くんですか？　食堂って言っても軍部のですよ？」

「ああ、構わないよ」

ジェスは初めての食堂体験にユリア以上に喜んでいる。チェスターは部下達にも休憩を取らせて、自分はユリアを抱っこして部屋を出る。

「あにち、ユリアおなかしゅいた……」

「お前お菓子食ってただろ！」

「あにち～おにくたべたい～」

「人の話を聞けよ！」

二人の会話を聞いてジェスはクスクスと笑っていた。

「おい、こいつらは連れていけないぞ？　目立ちすぎるだろ」

後ろから付いてくるフェンとコウを見ながら、思い出したように言うチェスター。

「いや、もう王宮公式マスコットだから大丈夫だろう」と事もなげに言うジェス。

「えっへん！」

『えっへん！』

ドヤ顔のコウとフェンに、チェスターは顔をひきつらせた。

ジェスは近くにいる女官に、ユリアの食堂行きをアネモネに報告するよう伝える。

「あにち～、ユリアあるきたい～！」

「よちよち歩いていると着かねーぞ？」

「よちよちじゃにゃい！」

チェスターが笑いながら降ろしてあげると、よちよち歩き出すユリア。そんな孫の歩幅に合わせて歩いてあげるチェスターを、通り過ぎていく者達が驚いて見ている。

粗暴で近寄り難い人物として認知されていたチェスター公爵が、孫と歩幅を合わせて優しく見守る姿はとても微笑ましく、異様な光景なのだ。最近王宮に出入りするようになった者達は、噂は本当だったのかと囁き合う。

「おい、最近あのプースカ鳴る靴履いてねーな？」

「かあしゃんにダメだっていわれたにょ……」

「そうか……よし！　今日だけ俺が許す！　履け！」

「やった～！」

落ち込むユリアを見かねたチェスターが許可を出すと、ユリアは小躍りして喜ぶ。コウが靴に魔法をかけると、あの懐かしい音が復活する。

ピープーピープーピープーピープー。

「キャハハハ！」

嬉しそうなユリアに、自然と笑顔になるチェスターだった。

初めて音の鳴る靴を見たジェスは目を見開く。

「ブハッ！　何だその靴は⁉」

「まほーのくちゅでしゅよ！」

ピープー。

「アハハハ！　気の抜けるような音だな！」

爆笑するジェスに自慢するユリアは、軽快に歩きながら気の抜けた音を響き渡らせている。そんなユリアを周りの皆が温かく見守っている。

軍部の兵士の間ではユリアは既に大人気だ。道行く兵士に声をかけられる。

「「ユリア王女ー！」」

「あい、こんちわーー！」

「こんちわーーって……」

呆れるジェスだが、チェスターはユリアの後ろで世にも恐ろしい顔をして「仕事に戻れ」と部下を追い払う。

そんなこんなで食堂まで辿り着いた一同。数百人が一度に食事ができる広さで、今は昼時であるために多数の兵士が食事をしていた。

ピープーピープーピープー。

気の抜けた音が食堂に響き渡り、皆がユリア達に注目する。

「みなしゃん、こんちわーー！」

「「「こんちわーー！」」」

厳つい兵士達が一斉に立ち上がり、満面の笑みでユリアに手を振る光景は不気味だ。さすがのチェスターも顔をひきつらせる。

ユリアの後ろにいたジェスに気付いた皆が一斉に跪く。

「よせ、俺のことは気にしないで食べてくれって……ブハッ！」

何故かユリアも跪いている。多分皆がやっているので真似をしたのだろう。

「ユリア、立て！　飯を食うぞ！」

「おーー！」

チェスターに促されてバイキング形式の食事を取りに行く。ユリアはお皿を持ち、チェスターに抱っこしてもらうと、色とりどりの料理が並ぶカウンターから自分で選べるのがとても嬉しいようだ。

すると、何故か食堂入口が騒がしくなる。

「ユリア〜！　にーにが来たよ〜！」

そこにはオーランドが手を振りながら立っていた。

「あー！　にーにだー！」

国王の登場に皆が騒然とする中、ユリアだけが嬉しそうに手を振っている。

「おいおい、あの鼻垂れ坊主が何やってんだ！」

「重度のシスコンだと思っていたが……それ以上だな」

チェスターは歩きながら憤慨していて、ジェスは呆れている。ユリアは降ろしてもらい、足早に歩いていくと、手を広げて待っているオーランドの胸に飛び込む。

ピープーピープープーピープーピープー。

「ああ！　懐かしい音がする！　ユリア、良かったね！」

「うん！　にーに、ごはんたべゆよ！」

そう言いながらきゅるるとお腹を鳴らすユリアに、悶えるオーランド。

「おいおい！　お前はここで食べるなよ⁉」

「いいえ、食べますよ！」

チェスターにきっぱりと反論して、オーランドはユリアを抱っこするとバイキングに向かう。その後にジェスとフェン達が続く。

「お前ら！　国王のことは気にしないで食べてくれ！」

チェスターは食堂全体に聞こえるように命じるが、皆が萎縮してしまっているのでしょうがなくユリアと自分達は別室で食べることにする。

そんな場の空気を読む気もないオーランドは兎に角嬉しそうだ。

「ユリア〜何食べたい？」

「おにくたべたい！」

ユリアが指差したのは巨大なステーキ肉だ。

「ユリア〜これ本当に食べるのかい？」

「うん！　あとこりぇ〜！」

次にユリアが指差したのはソーセージだ。

「おい、おちび！　野菜も食わないとソーセージはお預けだ！」

「ブゥー！」

「ブゥーじゃねぇ！」

チェスターはユリアの皿にサラダを無理矢理載せる。

「ユリア……お前こんなに食べれるのか？」

ユリアの皿を見て苦笑いするジェスは軽めのメニューで、パンとスクランブルエッグとサラダ。

チェスターはユリアとほぼ同じだ。オーランドはパンとサラダにソーセージと目玉焼きをチョイスして、皆で別室に移動する。

「バイバ〜イ！」

「「バイバーイ！！！」」

ユリアは抱っこされながらも兵士達に手を振り挨拶すると、兵士達もデレデレで挨拶する。

「ユリア～ほら美味しそうなお肉を見ましょうね～」

「お前な……」

兵士達から自分の方に向かせるために、目の前に食事をちらつかせるオーランドに呆れ返るチェスター。

食堂のすぐ側にある別室に移動したチェスター達は、ユリアを席に座らせて各々(おのおの)も座る。空腹のフェンには生肉を与えて、コウの方はお腹いっぱいでユリアの肩に座っている。

「よし食うか！」

「あにち、まってくだちゃい！　いただきまちゅしましゅよ！」

「ジジイ……お祖父様、ユリアの言う通りです！」

ユリアに便乗して失礼な物言いをするオーランド。ジェスはたまらず噴き出した。

「ブハッ！」

「ジジイ言うな！……よし！　頂きます！」

「「頂きます（いただきまちゅ）!!」」

皆が一斉に食べ始めるが、オーランドは自分の皿に手をつける前に、ユリアのステーキ肉を細かく切ってあげる。

「にーに、ありがとごじゃいましゅ！」

「いいんだよ～、さぁお食べ～」

女官や執事達が動こうとするが、それを制止してオーランド自らユリアの世話を焼く。ユリアは細かくなったお肉を嬉しそうに口に頬張(ほおば)る。

「おいち～！」

オーランドはそれを微笑んで見守っている。

「……」

ユリアはフォークでサラダの生野菜を取ると、何食わぬ顔をしてチェスターの皿に載せる。

「おちび！」

「おやしゃい、やだ！」

「……いいか、野菜を食べないと大きくなれないぞ！　ずっとおちびのままでいいのか？」

「ユリアおちびじゃにゃいよ！」

「ユリア～お肉と一緒に食べてみな？　美味しいよ！」

オーランドがお手本を見せてあげると、ユリアはお肉と野菜を一緒に食べ始める。

「おいち～！」

そんな光景を見て、シスコンというより母親感が否(いな)めないと思いながら食べるジェスだった。

閑話　おちび達大集合！

大人達がお披露目会の準備に忙しくしているある日のこと。

「ユリアー、あしょぼー！」

子供部屋でカイルがユリアに抱きつく。

「にゃにしてあしょぶ～？」

「たんけんしゅる」

ルウがそう言うと皆が賛成する。だが、アネモネに中庭限定と言われてしまった。ブーイングの嵐を巻き起こしたが、アネモネに口で勝てるわけもなく撃沈して、いつものように中庭に行くおちび達。

「ルイーザも入れてあげて」

フローリアがルイーザを抱っこしてやって来た。グズっていたルイーザだが、ユリア達を見ると満面の笑みでキャッキャと喜びを見せる。

「りゅいーじゃちゃん、こんちはー！」

「たぁた～！（こんちは！）」

こうして皆で中庭探検が始まった。よちよち歩いていると日向ぼっこしているフェンとコウがいて合流する。

「おちびちゃん達大集合ね」

フローリアは微笑んでおちび達を見守る。ユリア達は小さな足を懸命に動かして、中庭のベンチに座る。

「ちゅかれた、やちゅみたい！」

「カイルも」「ルウも」「たあ！」

「え、もう？」

フローリアは苦笑いしながら皆をベンチに座らせて、最後にルイーザも座らせる。ユリア達は持ってきた水筒を開けて、冷たい果実水をごくごく飲んでいる。

「おいちー！」

「いいてんきだね～」

ユリアとカイルは小さな水筒を持って日向ぼっこしていて、ルウはうとうとして今にも眠りそうだ。ルイーザはフェンを枕にもう夢の中だ。

「この子達、若いのに、お年寄りみたいね」

「おい、探検は～？」

笑うフローリアの横でコウが呼びかけるが、睡魔には勝てない。

そのままベンチでお昼寝し始めたユリア達だった。

第5話　もうすぐお披露目会ですね

「ユリア、ドレスをもう一着決めましょう？」

「にゃんで〜？」

アネモネに呼ばれ、ユリアは積み木で遊んでいた手を止める。そんな積み木の続きをルウが始める。今、ユリアはカイルやルウと一緒に子供部屋で遊んでいる最中だった。アネモネの他にシロや桔梗、ジェスが見守り役として側に付いている。

「明後日にはユリアとルイーザちゃんのお披露目会があるのよ？」

「おひろめぇー？」

「ユリアが王女だとお知らせするのよ？」

「？？？」

「ユリアとルイーザのお祭りだ」

「おまちゅり〜」

首を傾げるユリアにアネモネは根気良く説明したが、幼子には難しいのかピンときていない。見かねたシロがざっくり教えてあげると、嬉しそうに小躍りし始めた。

それを聞いていたカイルとルウも一緒になって踊り出す。

「いっぱいごはんたべれゆー」

マイペースなルウが珍しく喜んでいると思えば、狙いはご飯らしい。

「大丈夫かしら、心配だわ」

「俺達もいるしジェスもいる。そう心配するな、ユリアはユリアのままでいいんだ」

シロがアネモネに諭すように言う。横で聞いていたジェスも頷いている。

「もう反対派は数える程しかいない……逆にユリア派があるくらいだからな」

「ユリア派ですって⁉」

「ユリア、ここにいましゅよ～」

アネモネの言葉から自分の名前が聞こえて元気良くお返事するユリア。アネモネは「どうせオーランドの親衛隊のことでしょう」と呆れ顔だ。

そこに、お披露目会のもう一人の主役であるルイーザも、フローリアと共にやって来る。

「たあ！（ユリア！）」

「あー！　りゅいーじゃちゃんだ！」

二人は仲良く手を取り合って喜んでいる。アネモネとフローリアはドレスの最終調整について話し合いを始めた。

「またりゅいーじゃちゃんと、おしょろいのどれちゅにする～」

「たあたあ！（賛成よ！）」

「ユリアとルイーザちゃんだけいいにゃー」

ユリア達の会話を聞いていたカイルが落ち込んでしまう。

すると、アネモネがくるりとカイルの方を向いた。

「カイルちゃんにもちゃんとお洋服を用意しているから大丈夫よ」

「ほんとでしゅか！　やった～」

「よかったねぇ～」

「うん！」

その時、ルウがいきなり立ち上がると、ドアの前に歩いていく。

「どうしたの？　ルウちゃんにもお洋服用意してるわよ？」

拗ねてしまったのかと思い、アネモネが話しかけるが微動(びどう)だにしない。心配したアネモネが桔梗を見ると、苦笑いしている。

「大丈夫さ、多分あいつが来たんだろう」

桔梗が言ったと同時にドアが開く。そこから入ってきたのはアンデッド王のリッチ、シリウスだった。今は青年の姿に変化している。

ルウは目を輝かせて早足で近付く。

「ルウか……元気そうだな」

「うん、がいこちゅしゃんもげんき？」

「ああ、絶好調だ」

いつの間にか二人には特別な絆が生まれていた。ルウがかなりシリウスに懐いているのだ。シリウスはそれが単純に嬉しかった。

「あーー！」

ユリアも気付いて駆け寄ると、手と足をカクカクと揺らしながら踊り始めた。

これはシリウスの本当の姿である骸骨の動きを真似したもので、ユリアは「ホネホネダンス」と命名していた。

「上手だな」

無表情だが、嬉しそうなシリウス。

「キャハハ！　ホネホネ～ホネ～ホネホネ～」

手と足をカクカクさせて歌いながら踊るユリアを見て爆笑するジェス。それを見ていたカイルとルウも器用に踊り出して、皆シリウスの周りを回っている。

「何かの儀式みたいね……」

アネモネの呟きを聞いて更に大笑いするジェスだった。

それから大人達は、王宮のみんなの前でホネホネダンスを発表して音の鳴る靴を履きたいというユリアの無茶な提案を却下するのに、時間をかける羽目になったのだった。

ユリア達のホネホネダンスを複雑な心境で見ていたアネモネの元に女官がやって来て、何やら報告をした。アネモネは頷くと、ユリアに声をかける。

「ユリア、お客様が来たから挨拶に行きましょう」

「おきゃくしゃま〜？」

首を傾げるユリアは、アネモネと手を繋いで別室に移動する。その後ろからシロやフローリア、おちび達が続く。

そして扉を開けると、そこには会いたかった人物がいた。

「あーー！　にこりゃしゅだー！」

「ユリアーー！」

お互いに喜びを爆発させて抱き合うユリアとニコラス。ニコラスは獣人の国ジャンロウ国の王子で、ユリアにとっては魔物以外での初めての友達だ。

「げんきでしゅかー？」

「うん！　ユリアはげんきー？」

アネモネは興奮冷めやらぬ二人を落ち着かせて座らせる。

部屋の中には、険しい目でニコラスを見ているオーランドとオーウェン、ニコラスの父親でジャンロウ国国王ギウトと、母親で王妃となったメアリーがいた。ギウトとメアリーは息子とユリアのやり取りを微笑ましそうに見ている。

ギウト達親子は、二日後のお披露目会に出席すべく遥々やって来たのだった。

「ユリアー、このちとだれでしゅかー？」

カイルが不思議そうにニコラスを見ている。ルウも同じ気持ちらしく、うんうんと頷いていた。

「おともだちのにこりゃしゅでしゅよ！　ネコしゃんにゃの～！」

「ネコじゃにゃいよ～？　ししだよー！」

「ししってにゃに～？」

「……わかんにゃい」

その会話に苦笑いするギウトとメアリー。仲良く話すユリアとニコラスを見て頬を膨らましたカイルは、よちよちと二人の間に無理矢理入っていく。ルウはぼーっとしている。

「ユリアー！　あっちであしょぼー！」

「いいよ～！　にこりゃしゅもあしょぼー！」

「うん！……いいでしゅかー？」

ニコラスはカイルに話しかける。

「いいでしゅよ」

カイルはニコラスに笑いかけて、ルウも入れて四人で手を繋ぎ、部屋の隅で積み木で遊び出す。

「子供は可愛いですわね」

「ええ、癒されますわ」

メアリーとアネモネが仲良く遊ぶ四人のおちび達を見て笑い合う。オーランドとオーウェンは、おちびとはいえ、ユリアを囲んでいるのが全員男であることに、心穏やかではいられない。

暫く経ち、アネモネがメアリーと、オーランド達がギウトと楽しく会話をしていると、おちび達
四人が大人達の前に立った。

「ユリアどうしたの？　ケンカしたの？」

アネモネが心配そうに聞いてみる。

「みなちゃん！　ようこしょ！」

「「「ようこしょーー！」」」

ユリアに続いて、男の子三人が声を揃える。

「何か始まったわ」

後ろではシロが笑いを堪えている。

「しょれではみてくだちゃい！」

「「「ちゃい！」」」

何かを発表するつもりらしい。

メアリーとギウトは笑顔で拍手をしているが、オーウェンとアネモネは嫌な予感しかしない。

オーランドは手を振って応援している。

　ユリアが「せーの」と言うと、四人がシロを囲んで謎の踊りを始めた。紅茶を飲んでいたメアリーとギウトはそれを見て思いっきり噴き出す。ホネホネダンスを改良したと思われるユラユラダンスだ。

　手を広げてひたすらユラユラ揺らしているだけだが、何故か中毒性があり見てしまう。

「ユラユラ～ユラユラ～じゅっとユラユラ～」

「「「ユラユラ～」」」

「ユリア！　やめなさい！」

　アネモネはハッと我に返りユリアを止めようとするが、周りの大人の反応は違った。メアリーとギウトは自分達が王と王妃なのを忘れて指差して爆笑している。オーウェンは何故か感動して泣いていて、オーランドはユリアのために開発した映像を記録できる魔道具を出して真剣に撮影している。

「オーランド！　撮ったものを消しなさい！」

「嫌です！　この光景を写さないで何を写すんですか！」

　二人が言い合うのをよそに、おちび達の踊りはずっと続いたのだった。

「いいから俺を助けてくれ……」

　一番の被害者は囲まれ続けたシロだった。

†

今、おちび達は部屋の隅に積み木で壁を作り、その中にちょこんと座り不貞腐れている。

「ユリア、いい加減に出てきなさい！」

「ブゥーー！」

「「ブゥーー！」」

アネモネがユリアに出てくるように促すがブーイングが止まらない。事の発端はユリアの一言から始まった。

「ユリアのおまちゅりでおどりましゅ！」

お披露目会で例のダンスを踊ると言い出したのだ。国内外から来賓（らいひん）、国賓（こくひん）が参列するこの会はとても重要だ。なのにあんなダンスを踊ったらユリアが笑い者になってしまう。

そしてアネモネに駄目と言われて、怒ったユリアは部屋の隅に立て籠った。それを苦笑いで見ているシロ。オーウェンとオーランドはギウト国王と会談しに別室へ移動していて不在。ここにはアネモネとメアリー王妃、シロとおちび達しかいない。

「ユリア、おやつを食べないの？　大好きなチョコレートケーキよ？」

おやつと聞いて、おちび達のお腹から可愛い音がする。

「シロ、おねがいちましゅ！　いきるためでしゅ！」

「ぶっ……はいはい」

シロは皿にケーキを載せておちび達の元に持っていく。おちび達は美味しそうにケーキを頬張り始める。

「くっ！　強い味方がいるわね！」

そう言って悔しがるアネモネ。

「放っておけば飽きて出てきませんかね？」

「メアリー王妃、甘いわ！」

そう言われたがメアリーは嬉しかった。ユリアと離れてからいつも寂しそうにしていた最愛の息子が、今は凄く楽しそうに笑っていることが何よりも親として喜ばしかったのだ。

ニコラスは明るい表情でケーキを食べている。秘密基地に似たこの状況も、カイルやルウともお友達になれたことも嬉しくて仕方がない。

「もぐもぐ……おどりたいでしゅね……もぐもぐ」

ユリア達が何を踊るか嬉しそうに相談していると、オーランド達が戻ってくる。

「ユリア？　何しているんだい？　にーにも入れて！」

「オーランド！」

アネモネはオーウェン達に事情を話す。ギウトはメアリーと同じで、息子が楽しそうに笑っているのを見てとても嬉しそうだし、オーウェンも苦笑いするだけだ。オーランドに至ってはあの空間に入ろうとしていた。

「にーに、はいりたいんでしゅか？」

「入りたいなぁ～」

「ちゅみき、ひろげまちゅよ！」

「「「おーーーー！」」」

おちび達は楽しそうに積み木の隙間を広げて、オーランドを入れてあげようとする。するとウズウズしていたメアリーも入れて欲しいとお願いに来た。ニコラスは嬉しそうにメアリーを輪に入れる。

「どうなっているの」

アネモネは苦笑いしている。いつの間にかギウトやオーウェンも加わって、積み木で壁を作り始めている。

「秘密基地は子供の夢ですからな！」

「おっ分かりますか！」

「意気投合しちゃってるわ……」

アネモネが座り込んで頭を抱えていると、よちよちとユリアがやって来る。

「かあしゃんもあしょぼー！」

先程不貞腐れていたのが嘘のように抱きついてくるユリアを、アネモネは優しく抱きしめ返す。

「そうね、母さんも入れて？」

「うん！」

皆で積み木を積み上げて大きな秘密基地が出来た。おちび達は飛び上がって喜びを分かち合っている。

一段落ついたところで、アネモネはユリアの目を見て言い聞かせる。

「ユリア、……あの踊りはユリアの知っている人を集めて違う日にやるのはどうかしら？　ユリアも知っている人に見てもらった方がいいでしょう？」

「……わかりまちた。ちょーたいじょかいていいー？」

「招待状ね。一緒に書きましょう？」

「ぼきゅもほちい！」

「「ほちいーー！」」

カイルに続いてニコラス、ルウも手を挙げる。さて、ユリアは誰に書くのだろうか。

†

「ちょーたいじょ！　ちょーたいじょ！」

ご機嫌に歌いながら、右手にクレヨンを持ち、目の前にある紙に何やら書いているユリア。アネモネが紙を覗くと、ふにゃふにゃした文字のような絵のようなものが色とりどりに書かれていく。

「ユリアー！　カイルもほちーい！」

「ぼきゅも！」

「ルウも」

「にーにも～！」

おちび達の声に交ざりオーランドが勢い良く手を挙げる。今ユリアは、おちび達とのお遊戯会(ゆうぎかい)を開くことになり、一生懸命招待状を書いているのだ。

「みんにゃのぶん、ありましゅよ！」

書き上がった招待状を、早速おちび達に一枚ずつ配るユリア。

「にーににも頂戴よ～」

「あんちんちてくだしゃい、にーにのもありゅよー！」

ユリアは紙をオーランドに渡す。

「おや～可愛い豚さんだね！」

「ネコしゃんでしゅよ！」

「……こっちはにーにかなぁ～？」

「これユリアでしゅ……にーに、おめめわりゅいの？」

オーランドはショックを受けてソファーに倒れ込むが、招待状は綺麗に死守する。ユリアはそんなオーランドを気にすることなく、メアリー王妃やギウト国王、それにアネモネにも渡す。

「ありがとう、ユリア王女」

メアリーは本当に嬉しそうに受け取る。

「おおっ！　カラフルだな！　これがユリア王女かい？」

「これはにこりゃしゅでしゅ……おめめわりゅいの？」

「ユリア！　申し訳ありません、ギウト国王」とアネモネが代わりに頭を下げる。

「いや……ニコラスを分からないなんて父親失格だ……」

落ち込んでしまったギウトを励ますメアリーとニコラス。

ユリアは次にオーウェンの所へ行き紙を渡す。

「ユリアから手紙をもらうとは……グズッ」

「手紙じゃなくて招待状よ」

感動して涙ぐむオーウェンと冷静なアネモネ。

「どれどれ……おおっ可愛い……猫だな！」

「いぬしゃんでしゅよ！」

「俺には区別がつかん！　父親失格だ！」

落ち込んでしまった男達に呆れるアネモネとメアリー。次々と最強な男達に大ダメージを与えていくユリアはシロにも招待状を渡す。

「ありがとう、ユリア」

ユリアを見ると、シロに期待の目を向けていた。

シロは思わず顔を引きつらせ、必死に招待状に描かれた絵を解読しようとする。

「あぁ……可愛い……んん～……ウサギだな！」

「これはネコしゃんでしゅよ！　もう！」

「同じ動物もアリなのか⁉」

ぷんすか怒るユリアは招待状を籠に入れて部屋を出ようとする。

「ユリア、今からみんなに渡しに行くの？」

アネモネに聞かれ、ユリアはうんうんと頷く。

「かあしゃん、あけてくだちゃい！」

すると、落ち込む男達をツンツンして遊んでいたカイル達も付いていくと言い出したので、アネモネとメアリーが付き添いをすることになった。

早速アネモネが号令をかける。

「さぁ、一列に並んでください！」

「「「はーーい！」」」

元気に手を挙げてお返事するおちび達は、ユリアを先頭に一列に並ぶ。

「私とメアリー王妃に付いてきてください！　分かった？」

「「「はーーい！」」」

アネモネ達の後ろをよちよちと付いていく姿は、まるで母鶏を追うヒヨコそのもので、通りがかる人達を癒している。

最初に行ったのは先程までいた広間だ。そこにはフローリアとルイーザ、桔梗にシリウスがいた。

アネモネがフローリア達にユリア達のお遊戯会の話をする。するとルイーザが抗議し始めた。

「たぁ！　たあたあ！」

「りゅいーじゃちゃんもおどりたいにょ？」

「たあ！」

「いいよー！　いっちょにおどろー！」

嬉しそうなルイーザに抱きつくユリア。そしてルイーザにも招待状を渡した。

「たあ、あうあー！」

「そうでしゅ！　いぬしゃんでしゅ！」

「何故分かるのかしら？」

ルイーザの凄さに驚くアネモネ。だがメアリーは赤子と会話しているユリアに驚くのだった。

ユリアは桔梗とシリウスにも招待状を渡して広間を出る。

「ちゅぎはあにちでしゅよ！」

ルイーザも行きたいと騒いだので、大所帯での移動だ。

「チェスターは今何処にいるの？」

「多分会場で警護の最終チェックをしていると思います」

「ちゃんと仕事をしているなんて、ユリアちゃんのこと、本当に大切なのね」

「私も驚いています。あそこまで孫バカになるなんて思ってもみませんでした」

フローリアとアネモネが話をしていると、後ろからおちび達のお歌が聞こえてくる。

「あにちのあちはくさいでしゅ～」

「「くさいでしゅ～」」

「しゅ～」

「たぁ！」

ユリアとカイル達に続いて、意味の分かっていないニコラスも遅れて続く。ルイーザも楽しそうに歌っている。

「くちゃいけど～くちゃいまま～キャハハ！」

「まま～」

「たぁ！」

「おい！　聞こえてるぞ！」

ユリア達が後ろを振り返ると、そこにはチェスターが仁王立ちになっていた。おちび達が怖がるはずもなく、皆がチェスターにまとわりつく。

「おい、離せ！　ちょこまかするな！」

「あにちに、ちょーたいじょをもってきまちた！」

「ああ？　何だ、〝ちょーたいじょ〟って？」

「これでしゅ！」

ユリアは籠の中から紙を取り出してチェスターに渡す。

「……ミミズがいっぱい書いてあるな。何だこれ？」

それを聞いたユリアは頬を膨らませて不貞腐れてしまう。怒った他のおちび達の襲撃に遭うチェスター。ルイーザも抱っこされながらぷんすか怒っている。

「いててて っ！　地味に痛いっ！　ってこいつ誰だ？　一人増えてるぞ」

「ニコラスでしゅ！」

ポカポカ攻撃しながら自己紹介するニコラス。メアリーはニコラスを止めようと近付こうとするが、アネモネが先にチェスターの元へ行く。

「ユリアが一生懸命書いた招待状よ。お遊戯会をやるから、来て欲しい人にだけ書いて渡しているのよ」

それを聞いてチェスターがユリアを見ると、彼女はしゃがみ込んでいじけていた。

「おちび……お遊戯会楽しみだな！　何をするんだ？」

いじけているが、チラチラとチェスターを見てポツリと話し出す。

「……あちくちゃだんちゅ」

「まだ言うか⁉」

チェスターはユリアを抱えてぐるぐる回す。

「キャハハ！　おもちろい〜！」

楽しそうなユリアを見て、自分もとおちび達が群がる。ルイーザも行こうとするが、フローリアに止められた。ニコラスも何故かチェスターには人見知りをせずに近寄っていき、それにメアリーは驚いていた。

ニコラスは周りの大人に虐(しいた)げられていたので大人が苦手だ。特に強面(こわもて)のチェスターには近寄りもしないと思っていた。

「ニコラスが大人の男性とこんなにも打ち解けるなんて……！」

感動するメアリーには悪いが、アネモネは内心で思っていた……。精神年齢が同じなだけだと。

そんなこんなでユリアはチェスターに肩車をしてもらい、いつの間にか機嫌が直っていた。

「お遊戯会の前にお披露目会だな！　おちび、ドレスは決まったのか？」

「まだでちゅ」

「早く選ばないと俺が選んじまうぞ！」

「えーー！　たいへんでちゅ！　へんなどれちゅになっちゃう！」

「何でだ！」

腑に落ちないチェスターだが、直ったばかりのユリアの機嫌を損ねたくないので、何も言わずにグッと呑み込む。

「あとは誰に渡すんだ?」

「じぇちゅとマリーとガルちゃんに、ネオにきゅろにちゅるちゃん……」

「分かった分かった!」

皆ユリアと親しい者だが、その中には、この国を離れている者もいる。

つい先日、魔物達はユリアを誘拐しようとした犯罪組織を壊滅させた。だが、首領のネロを筆頭に残党がまだいるため、その動向を探るべく多くの魔物が旅に出ていた。

「そいつらには今度またお遊戯会をやってやれ!」

「うん。いっぱいおどりゅの!」

ユリアが燃えるのを苦笑いして見守るアネモネ達だった。

第6話　お披露目会当日です!

朝から周りが騒がしいので目が覚めたユリアは、自分で起きて一生懸命ベッドから降りると隣の部屋に行く。

「おはよーごじゃいましゅ」

「ユリア、おはよう」

シロに抱っこされて、ドレスの最終チェックをしているアネモネの元へ移動する。

「あらユリアおはよう。そこにご飯が準備してあるから食べちゃいなさい」

「あい」

椅子に座らせてもらってパンケーキを無心に食べるユリアと、横で口を拭くなどして世話を焼くシロ。

「ユリア、今日はお披露目会だぞ？」

「あーー！　しょうだったーー！」

椅子の上に立って跳びはねるユリアを、シロはどうにか落ち着かせる。そこに、ジェスとマーリンがやって来る。

「いよいよだな、ユリア」

「失敗するなよ～」

「ちまちぇんよ！」

ぷんすか怒りつつもデザートは欠かさず食べる食いしん坊ユリアに、皆が苦笑いする。

「どれちゅきるー！」

「もう少し経ってからね？」

「ブゥー！」

お披露目会の本番は夜だから、まだドレスを着る時間ではない。

周囲が騒がしい中、ユリアは普段着に着替えると、ジェスとシロ、そしてやって来た妖精コウとフェンと共に部屋を出た。

「ひまでちゅね〜」

「お前が主役なのにな」

ジェスに慰められながらよちよち歩いていく。だが城中がこの騒ぎで、誰もユリアを相手にできない。

「おーい、ユリア」

中庭で日向ぼっこしていると、ユリアの前に突然老人が現れた。

「あーー！　チョコじいだー！」

ユリアが駆け寄り抱きつくと、大賢者ヨルムンドも嬉しそうにチョコを渡す。

「今日は楽しみじゃのう」

「ユリアねぇ〜、どれちゅきりゅの〜」

「ホホホ。さぞかし可愛いじゃろうなぁ」

皆でニコニコと話していると、カイルとナタリー、そして桔梗とルウもやって来た。

「今日は貴族達へのお披露目なんだろう？　もう変な輩はいないだろうが心配だねぇ」と桔梗が

言う。

「かーちゃもユリアも、ルウがまもりゅ！」

そう言ってパンチしているルウを微笑ましく見つめる大人達。

そんな中、ナタリーは少し不安げな表情をしていた。ナタリーの元夫であるローマル侯爵は悪行を重ね、方々から恨みを買っていた。ナタリーとカイルは侯爵に加担していたわけではないが、彼女達を良く思わない貴族はまだいる。そういった者達と顔を合わせるかもしれないと思うと、やはり気は重かった。

ユリアはナタリーの変化に目敏く気付くと、心配そうに顔を覗き込む。

「だいじょぶでしゅか？」

「ええ、ありがとう」

「カイルもユリアとかーちゃまをまもりゅ！」

そう言ってカイルもパンチしている。ナタリーは逞しくなっていく息子を見ていて、嬉しくもありちょっぴり寂しくもある複雑な気持ちになる。

子供達が遊んでいるのを穏やかに見ていた一同の前に、メアリー王妃とニコラスが来て、準備の時間までニコラスも一緒に遊ぶことになった。

ユリア達が走り回って遊んでいると、一人の女の子が遊びたそうに彼女達を見ていた。ユリアがその視線に気付いて手を振ると、女の子も嬉しそうに小さく手を振ってくれた。

「誰だ？」

「わかんにゃい〜」

シロもユリアも彼女に見覚えがない。

ユリアが歩いて女の子の所へ行くと、その顔には大きい傷があり、彼女はそれを必死で隠そうとした。

「いたいにょ？」

「たまに痛くなるの。それにみんなが怖いって言うの……」

ユリアが女の子に向かっていつもの呪文を唱える。

「いたいにょとんでけーー！」

すると女の子がいきなり淡い光に包まれた。そして光が収まると、何と顔の痛みがなくなっていた。驚きながらも女の子が恐る恐る自分の顔を触ると、傷も消えていた。

「嘘……傷がない！　ううっ……うわーーーーん！」

「ど……どうちたんでしゅか？」

泣かれると思っていなかったユリアはパニックになる。後ろから駆けつけたジェスはそんなユリアを抱っこして慰める。

「ううっ……すん……ありがとう……嬉しい……」

女の子は泣きながらお礼を言い、そちらはカイルやルウ達が慰めた。

「キャサリン！」

中庭横の廊下から一人の身なりの良い男性が走ってくる。

女の子は男性を見るとパッと表情を明るくした。

「パパ！　見て……傷が消えたの！」

「傷がない……キャサリン……ううっ」

女の子を泣きながら抱きしめる男性を、ユリアとおちび達が慰め始めた。

男性はハッとして声を上げる。

「貴女はユリア王女！　まさかユリア王女が⁉」

男性が急いで跪こうとすると、何故かユリアも跪こうとしたので、笑いながらジェスが止めに入る。

男性はイレーヌ伯爵で、娘はキャサリンという。イレーヌ伯爵は王女反対派だったが、この瞬間、熱心な賛成派になったのだった。

「ホホホ。ユリアが導いたんじゃな」とヨルムンドが呟いた。

イレーヌ伯爵は泣きながら何度も礼を言う。キャサリンはユリア達よりちょっと年上の六歳だが、そんなの関係なく一緒に遊び始める。

だが、暫くすると、女官が今から準備を始めると報告に来た。

「お、ユリア、いよいよだな」

ジェスがそう言うと、ユリアは小躍りして喜ぶ。

「きゃあああ～たのちみでしゅね！」

キャサリンに別れの挨拶をしてから、ユリアとおちび達は部屋に向かう。男の子組は別室で正装に着替える手筈だ。

部屋の手前で、アネモネと遭遇したユリアはすぐに抱き上げられた。

「ユリア、まずはルイーザちゃんとお揃いのブルーのドレスよ」

「あーーりぇーー」

アネモネはそのままユリアを小脇に挟んで連れていく。部屋に入るとルイーザが先に着替えを始めていた。

「あー！　りゅいーじゃちゃんかわいいでしゅね！」

「たあ！（お揃い！）」

可愛く正装したルイーザに、着替えを手伝っているフローリアは感極まっているが、その横でユリアがアネモネや女官達にもみくちゃにされている。

「たーしゅーけーてーーー！」

「ユリア、動かないで！」

「ブゥーーー！」

ドレスに着替えてすぐに椅子に座らされると、髪の毛は可愛くゆるふわカールになり、頭にティアラが載せられ、ユリアが眠くならない内におめかしが完成する。

「ほら、ユリア、見てみなさい」

アネモネが手を引いて、ユリアを全身鏡の前に連れていく。

「きゃあああぁーー。おひめしゃまでしゅーーー！」

興奮して走り回りそうなユリアを必死で止めるアネモネ。

「ユリア、落ち着きなさい！　このままだと鼻血が出ちゃうわ！　ドレスが汚れちゃうわよ！」

「ダメでちゅ！」

そう言うと何とか自分を落ち着かせるユリア。そこへ、正装した男の子組が部屋に入ってくる。

「うわー！　ユリアとりゅいーじゃちゃん、かわいーねぇ！」

「かわいい！」

カイルの褒め言葉に続いて、ルウも嬉しそうに声を上げる。

「エヘヘーー！」とユリアは屈託なく笑った。

「本当に可愛いわ！」

そう言うナタリーもいつもと違い、洗練された美しいドレスに身を包み、とても綺麗だ。

「うわー！　きれいでしゅね！」

「フフ、ありがとう」

実はこの淡い緑のドレスは、オーランドからの贈り物だ。ナタリーのドレスは、侯爵家が失脚した時の騒動で使用人達に持ち逃げされて、一着も残っていなかったのである。そんな綺麗な母を、カイルは嬉しそうに見つめている。

ナタリーの後ろから、桔梗が顔を見せた。

「ユリア～、可愛いねぇ～」

「きーねーねもきれいよ！」

桔梗も珍しくドレスに身を包んでいる。だが、桔梗らしい真っ赤なドレスでとても似合っている。これにはルウも嬉しそうだ。

アネモネとフローリアも着替え始め、その間ナタリーと桔梗が子供達の面倒を見ている。ユリアは鏡の前で嬉しそうにずっとくるくる回っていた。

「ユリアちゃん、目が回っちゃうわよ？」

「そうだよ、こっちに座りな」

ユリアを真似してカイル達もくるくる回っていると、窓の外から久々にあの子がやって来た。

『ユリア～僕来たよ～！』

「あーー！　ピピだーー！」

ユリアを誘拐しようとした犯罪組織との戦いの後、不死鳥のピピはアーズフィールド国に帰っていた。組織の残党を調査するために、国王リカルドに協力を要請しに行っていたのだ。

『ユリア、可愛いねー！』

「ありがとごじゃいましゅー！」

おちび達が戯れていると、気品漂う美しいドレスに身を包んだフローリアとアネモネがやって来る。

「きゃあー！　きれいね！」

「たあ！」

アネモネはユリアと手を繋ぎ、フローリアはルイーザを抱っこして、男性陣が待機している部屋へ向かう。カイル達はユリア達を守るようにして付いてくる。

廊下を歩きながら、フローリアはアネモネに語りかけた。

「きっと喜んで泣いちゃうわね」

心なしかフローリアの目が赤いように見える。アネモネは微笑んで頷いた。

「そうですね、私も我慢してますが……子供の成長は早いですね」

「ユリアはもうおとなでしゅよ！　おひめしゃまでしゅ！」

ドヤ顔するユリアを微笑ましく感じ、皆笑ってしまう。

「ユリア、母さんはもうちょっと子供でいてほしいわ」

「えーー……あちたまで？」

「フフ、んー……もう一日！」

「しょうがないでしゅね～」

そうしてユリア達は男性陣の部屋の前に辿り着いた。

ユリアはちょっと恥ずかしそうに部屋に入っていく。

そこには、身なりを整えたオーウェン達やお馴染みのシロ達だけでなく、最近まで国外に出かけていた魔物達の多くも集まっていた。ジャイアントグリズリーのクロじい、地獄の番犬ガルム、天虎（てんこ）の母子のラーニャとネオ……全員がユリアを温かく迎え入れる。

そして、輝くような可憐さのユリアから皆が目を離せない。

「ユリア……大きくなったな」

涙を堪えてユリアを抱っこするオーウェン。愛しい娘の成長に驚きと共に寂しさも感じる。

「まだ三歳よ」

呆れるアネモネをよそにシロやクロじい、ガルム達も目を潤ませている。シリウスも分かりづらいが感激している……ように見えた。

「ネオ、ユリアちゃん可愛いわね！」

「うん、ユリア可愛いぞ！」

ラーニャに促されて、頬を染めながらユリアを褒めるネオ。

「きゃああ！　ありがとごじゃいましゅ！」とユリアは大はしゃぎだ。

そこへ、部屋の奥で順番を待っていた親子がやって来る。竜王クロノスと、その息子ゼノスだ。

「おお！　馬子（まご）にも衣装だな！」

「ユリア可愛い！」

「きゅろ～！　ちゅるちゃん～！」

クロノスはこの間も会ったばかりだが、ゼノスとはかなり久々の再会だ。

ユリアが多くの友達との再会を喜んでいる一方で、いつもなら真っ先に飛び付いてくる人物がまだ来ていない。

アネモネ達がその人物、オーランドを見ると、彼は涙を流しながら固まっていた。それに気付いたユリアは、そんな兄の元によちよちと歩いていく。

「にーに、ユリアにあうー？」

くるくる回り、可愛いドレスを靡かせるユリア。

「ううっユリア……何て可愛いんだ……天使だ！　天使が舞い降りた！」

泣き崩れて叫ぶオーランドをユリアが励ましている。

ルイーザも周りに褒められ上機嫌だが、オルトスが感極まって泣いているので、喋れないながらに一生懸命励ましている。

オーランドはここに至るまでの日々を思い返していた。ずっと会いたかった妹に会えたこと、こうして王宮で一緒に過ごせること、その幸せを思うと涙が止まらない。

両親とも再会できて、自分も生涯を共にしたいと思う人と出会えた。この幸せがずっと続くように、皆を守ることを改めて心に誓った。

ナタリーは自然とオーランドの所に行くとハンカチを渡す。それを受け取り見つめ合う二人をじっと見つめるユリア。

「にーにはナタリーしゃんがしゅきなんでしゅね～！」

その言葉に頷いて笑うオーランドと頬を染めるナタリー。それを嬉しそうに見つめるカイルとユリア。

「カイル～よかったねぇ～」

「うん！」

何かが進展しそうな予感がする中、時間までまったりする一同。ユリアはここでもくるくる回り、目が回らないかアネモネ達に心配されていた。

そこにチェスターが妻のエリーを連れて正装してやって来る。するとおちび達が臨戦態勢をとる。

「おい！　何だ！」

「あにち、あち、だいじょぶでしゅか？」

ユリアがじっとチェスターの足を疑いの目で見ている。

「大丈夫だ！　お前らはいつまで言ってるんだよ！」

「きゃははは」

ユリアがチェスターに抱きつく。チェスターも可憐に変身したユリアに頬を緩ませ、抱っこする。

「おちびにしては可愛いな！」

「ユリア、おちびじゃにゃい！　あちたからおとなになるのよ！」

「ぶっ……そうなのか！　楽しみだな〜！」

「うん！　おとなににゃったら、あにちとおちゃけのむのーー！」

ユリアは降ろしてもらうと、フラフラと千鳥足になり酔っ払いの真似をしている。するとカイルとルウも嬉しそうにフラフラとユリアの真似をする。

「ちゃけもってこい！　おりぇはのむぞーー！　ヒック」

「「のむぞーー！　ヒック」」

楽しそうな子供達をよそに、大人達の空気は一気に冷え込んだ。アネモネとエリーは恐ろしい笑顔でチェスターに近付き笑顔で言う。

「「お披露目会が終わったら家族会議ね」」

チェスターは青ざめつつ、ただ頷くのみだった。


やがて時間になり、各々会場に向かうこととなる。ユリアとルイーザは会場に繋がる小部屋に移動して、紹介を待つ形だ。オーウェンとアネモネ、オルトスとフローリアも一緒に待機する。

部屋の外からザワザワと客のざわめきが聞こえる中、ユリアとルイーザはニコニコしていた。

「りゅいーじゃちゃん、たのちみね〜！」

「たあ！」

そんな二人を笑顔で見つめる二人の両親達も、緊張しながら時を待つ。

†

王宮の横の大きな草原が、今回のお披露目会の舞台だ。王宮に近いテラス部分にはドアがあり、ユリア達はそこから入場する予定になっている。

広々とした会場には大勢の貴族や国賓が勢揃いして、今か今かと主役の登場を待っていた。貴族の大多数はユリア親衛隊やユリアを愛でる会のメンバーで、レニー夫人など見知った顔も多い。

「ユリア、はやくあいたいにゃー！」

「ええ、楽しみね」

「そうだな！」

ジャンロウ国国王ギウトと王妃のメアリーは、そわそわしている息子のニコラスを落ち着かせつつ待っていた。ニコラスがユリアに出会わなければ、この幸せな日々は叶わなかった。そのことへの感謝を胸にユリアの登場を待っていると、そこにカイル達がやって来た。ニコラスが嬉しそうに近寄っていく。

一部の貴族がナタリーとカイルを睨み付けているが、クロノスやシロ、そして桔梗などの目立つ集団が歩いてくると皆がそちらに注目し始める。

チョコじいこと大賢者ヨルムンドは、マーリンと共に気配を消して楽しみに待っていて、森の番人ドライアドと世界樹ユグドラシルも、変装して会場にやって来た。

そんな中、ピピにつつかれながらやって来た、アーズフィールド国国王リカルドと近衛隊長のアレン。

「いててっ！　ピウ……ピピ、痛いって！」

『早くしてよー！』

「相変わらずですね……」

「ケイシーか、久しいな！　いててっ」

ケイシーは群がる令嬢達から何とか逃げてきた。オーランドとナタリーの噂は広まっていて、ここにきて独身で王弟であるケイシーを狙う貴族令嬢が増えてきたのだ。

チェスターとエリーの筆頭公爵夫妻が会場に入ってきた途端、空気が一変する。チェスターは見たことがないくらいに真面目な顔をして辺りを警戒していて、エリーも穏やかな笑みを浮かべているが、貴族夫人や令嬢は震えて一歩下がる。

ユリアに縁がある人物達が次々にやって来る中、いよいよオーランド国王と初代国王ジェスが入場し、テラスに上がった。

オーランドが声を張り上げて演説をする。

「皆に集まってもらったのは、この国の悪習をここで絶ち切るためだ。隣にいる初代国王であるジェス様も、そんな悪習など存在しないと断言してくれた。誰かの悪意によりねじ曲げられた歴史を正したい！　そのために王女お披露目の場を設けたのだ！」

「俺はジェス・ルウズビュードだ。これまでの歴史の中で葬られてきた王女達が来世では幸せであることを祈る。そしてそんな悲しみの連鎖を絶ち切ることで、我が国の新たなる発展に繋げようぞ！」

二人の王の発言に、会場にいるほぼ全ての貴族が拍手喝采している。そしていよいよユリアとルイーザの登場となる。静まり返る会場で、オーランドが話し出そうとした時だった。

きゅるるるるる〜。

可愛いお腹の音が登場入口から聞こえてきた。

「おにゃかなっちった〜！」

その声に一生懸命笑いを堪える会場内の人々。

「……それでは登場してもらおう！　本日の主役であるユリア・ルウズビュード王女とルイーザ・ルウズビュード王女！」

登場入口のドアが開き、主役の入場が始まった。

フローリアに抱っこされながら会場に手を振るルイーザ。それを後ろから見守るオルトス。そして次にアネモネとオーウェンに挟まれる形でよちよち歩いてきたユリア。二人の可愛らしさに悶える会場は熱気に包まれている。

テラスの中央までやって来たユリアは、大きく息を吸って挨拶を始めた。

「こにょたびは、ユリアにょ……」

きゅるるるる……。

挨拶をし始めたユリアだが、お腹の虫が邪魔をする。会場の人々はそれを微笑ましく思って見つめるが、中にはごく少数ではあるが侮蔑(ぶべつ)の視線を送った者もいた。

「ユリア、ゆっくりでいいわよ」

「そうだぞ！　お前の言いたいことを言っていいんだ」

オーウェンは余計な一言を言ってしまったのだが、本人はそれに気付いていない。

ユリアは深呼吸してお腹を擦ると、またゆっくりと挨拶を始めた。

「ユリアとりゅいーじゃちゃんのおまちゅりにきてくれて、ありがとーごじゃいましゅ！」

「ユリア？」

言っていることはまともなのだが、オーウェンは何となく嫌な予感がした。

次の瞬間――

「ユリアはおにゃかがすきまちた！　おにくが食べたいでしゅ！」

「ユリア！」

急いで口を塞ぐがもう遅く、会場は静まり返る。

その沈黙を破って、黄色い歓声が上がった。

「それでこそユリア王女ですわ！　可愛いは正義よ！」

「「「正義よーー！」」」

レニー夫人率いるユリアを愛でる会の会員達がユリアに手を振る。ユリアはレニー夫人達に気付いて手を振る。

「あーー！　レニーしゃんだーー！」

名前を呼ばれたレニー夫人は涙を流して喜んでいる。ユリアはよちよちと歩いてオーランドとジェスの横にやって来た。そして手を挙げて宣言する。

「ユリアはみんなだいしゅきでしゅ！　みんななかよくあしょびましょう！」

幼子の純粋なその言葉に、侮蔑の目で見ていた者達は何も言えなくなる。一連の挨拶を見ていたアネモネやオーウェンは、娘の成長に涙が出てくる。

ついこの間まで、彼ら三人は〝古の森〟に隠れ住んでいた。

あのまま森でひっそりと暮らしていたら、ユリアはここまで成長しただろうか？　色んな人に出会い、学び、そして今ここに堂々と立っている。そんな愛しい我が娘を誇らしく思うアネモネとオーウェン。

「大きくなったわね」

「ああ、寂しいけどな」

ユリアの言葉に会場は拍手喝采に包まれて、ニコラスやカイルにルウ、それに先程友達になったばかりのキャサリンなどの子供組が集まってくる。

「ユリア！　しゅごいねぇー！」

「しゅごい！」

　カイルとルウが拍手を送る。

「ユリア王女、すごいです！」と言ったのはキャサリンだ。

「エヘヘ〜ありがとごじゃいましゅ！」

　そんなユリアを見て、泣くのを必死で我慢しているオーランドが皆に挨拶をして、会場にいる人々に食事を促す。

　ルイーザはミルクを飲むため、フローリアに抱っこされて一時会場を出ていった。ユリアは空腹がピークになっていたので、食事を準備してくれていたシロの元へ走っていく。そこにはチェスターとエリーや魔物達が勢揃いしていた。

「ユリア、ほらご要望のお肉だ」

「きゃあああ〜！」

　肉を見て小躍りしているユリアを皆が微笑みながら見ている。他の子供組も美味しそうにご馳走を頬張っている。キャサリンは貴族の令嬢らしく作法を大事にして食べていたが、他の子供組やユリアが口の周りをソースだらけにしながら食べているのを見て、自然とお肉にかぶりついていた。

　元々竜人族には大食漢が多い。それは女性も子供も同じで、貴族の夫人や令嬢は礼儀作法と食欲の葛藤の日々を送っていたが、今日のユリア王女の食べっぷりを見て勇気をもらい、皆が食事に夢中になる。

「いいのかしら？」

「まあ、竜人族の男にはこっちの女性達の方が魅力的だろうな」

苦笑いしながら見つめ合うアネモネとオーウェン。

「おちび、よく食うな！」

「あにちのおにくももーらい！」

「おい！　自分のを食えよ！」

「キャハハハ」

ユリアはフォークでチェスターの肉をぶっ刺して奪い食べている。チェスターもユリアに悪態を吐きつつも、可愛い孫との出会いを思い出していた。

娘のアネモネとまた再会できて、孫であるユリアを紹介された時はどう接して良いか分からなかったが、次第にこの世にこんなに愛おしい子がいるのかと思う程大事な存在になっていった。

そしてユリアや他のおちび達と過ごした日々にも思いを馳せるが――

「……足の臭いのことしか言われてねー！」

そう叫ぶチェスターに首を傾げるおちび達であった。


会場が落ち着いてきたタイミングでダンスの時間に入るが、その前にルイーザとユリアはお色直しに行く。

「う～、おにゃかがくるしいでしゅ……」

「食べすぎよ！」

ユリアはあの後も調子に乗り、これでもかと言うくらい食べ続けて、現在お腹がはち切れそうで苦しんでいる。そんな娘の姿に呆れるアネモネと心配そうに見ているフローリア。

「動ける？」

「にゃんとか……だいじょぶでしゅよ」

次の衣装は、スカートのフリルにリボンが着いた黄色のドレスと、同じく黄色の靴だ。可愛らしいドレスに大興奮のユリアだが、お腹が苦しくて動き回れない。

「かわいいどれちゅでしゅね！」

「本当ね。お腹がポコンとしてるけど……」

ユリアの横でルイーザも着替え終わる。淡いピンクのドレスに、同じくピンクのカチューシャと靴を合わせた可愛らしい姿に、母フローリアは感動する。

「りゅいーじゃちゃん、かわいいでしゅね！」

「たあたあたー！（ユリアも可愛い！）」

「ありがとごじゃいましゅ！」

着替え終わると、二人はすぐに会場へ移動して登場する。手を振る二人の王女の可愛らしさに、再び会場が拍手喝采に沸く。

　二人が席に座ると、会場に演奏家達が入ってきてダンスの時間が始まる。未婚の男女にとっては出会いの場でもあるので皆が気合いを入れている。その中でも令嬢の視線を釘付けにしている男達がいた。

　王弟であるケイシー・ルウズビュードと、アーズフィールド国国王であるリカルド・アーズフィールドだ。

　しかしケイシーは誰にも声をかけずに、何故かおちび達の面倒を見ている。リカルドはこれでもかと気配を消しているが、側近のアレンは緊張気味にラーニャの所に行くとダンスの申し込みをする。

「私？　気持ちは嬉しいけど踊れないんだよね」

「じゃあ、隣に座っていいですか？」

「別にいいわよ」

　そう言われ嬉しそうにラーニャの隣の席に座るアレン。

「あいつ……！」

『ぷぷっ……』

　自分を置いていってしまったアレンを恨めしげに見ているリカルド。そんなリカルドを見てピピは笑っていたが、さっさとユリアの元へ行ってしまった。アレンもピピもいないので、リカルドは一人で逃げ回る羽目になったのだった。

そして一際注目を集めているのは、シロ率いる魔物集団だ。令嬢達に群がられてシロ達が苛立っているのに気が付いたユリアは、椅子から降りてシロの元へやって来る。

「シロをいじめちゃダメでしゅよ！　シロはユリアとダンチュしゅるんでしゅ！」

「「「はぁ？」」」

皆が唖然とする中でシロを引っ張っていくユリア。

「ユリア、お前踊れないだろ？」

「おどれまちゅよ！」

そんな中で音楽が流れ出し、皆が優雅に踊り始めるが、視線はユリアに集中している。そしてユリアは皆の動きを見てまずはくるくる回り、スカートの裾を持ち、カニ歩きのように横に動き出した。

「ぶっ……ユリア！　やめなさい！」

アネモネが急いで阻止しに行くがもう遅く、ニコラスやカイル、そしてルウも一緒になって、独特のユリアの踊りを真似している。

そしておちび達は何故かシロの周りを囲み、それを見て皆が笑い、優雅に踊っていた貴族達も次第に自由に踊り出して、楽しいダンスの時間になったのだった。

最終的に、ユリアは禁止されていたはずのホネホネダンスやユラユラダンスまで披露して、おちび達の独擅場と化していた。

そのダンスにシリウスやドライアド、ネオにゼノスも参加して、それを見て爆笑するジェスにマーリン、チェスターにユグドラシルであった。


楽しいダンスの時間も終わり、疲れたユリアは目を擦り始める。

「ユリア、眠いのか？」

「シロ……ねむいでしゅ……」

「もうちょっとで終わるからね」

アネモネに言われ頷くユリアだが、次第に瞼が閉じられては慌てて開けての繰り返しになってきた。それはユリアだけではなくカイルやニコラス、ルウも同様だ。

お披露目会もオーランドの最後の挨拶になり、横に眠そうなユリアと何故か元気なルイーザが並ぶ。

「本日は集まってくれて誠に感謝する。ユリアとルイーザは正式に王女として認められた。この二人がルウズビュード国に新しい風を吹かせてくれることを私は願う。そしてこの先も王女が誕生することとなるだろう！」

その言葉に、この場にいる来賓、国賓が拍手喝采するが、その音に驚いてユリアが目を覚ます。

そして空気を読んだのか、何故か皆に合わせて拍手を始めた。それすらも可愛く見えて、会場は優しい空気に包まれる。

オーランドの挨拶が終わるとお披露目会は終了して、まだ数日滞在予定のニコラスと遊ぶ約束をして、ユリアもルイーザ達と共に退場する。

眠さが限界のユリアを愛おしそうに抱っこするシロと、後ろで見守るアネモネとオーウェン夫妻。二人はまさかこんな日が来るとは思っていなかった。愛する両親と絶縁して、愛する二人の息子と離れてひっそりと暮らしていたのが嘘みたいだ。

「まさかまたこの国に帰ってこれるとはな……」

「本当ね、これもユリアの力なのかしらね」

「ああ、愛しい我が娘に感謝しなきゃな！」

二人が愛おしそうに見つめる娘、ユリアは幸せそうにすやすやと眠っていた。しんみりとお披露目会の余韻に浸りながら部屋に戻ると、先に戻っていた一同が勢揃いしていた。

「おちびは寝ちまったか！」

「可愛い寝顔ね」

チェスターとエリーは孫娘を見て笑う。魔物達もユリアの寝顔を見て満足そうに寛（くつろ）いでいる。そんな中、ずっと犯罪組織の残党を調べていたラーニャやクロノス達の報告が始まった。

重要なのは、ボスのネロと、その腹心のディパードの動向だ。

「あいつらは今ラトニア王国を離れて、ルーブニア帝国に潜伏している」

「目的は分からないけど、今のところは動きがないわ」

クロノスの説明にラーニャが補足を加える。

ルーブニア帝国は、数千年という長い歴史の中で生き残ってきた大帝国だ。アーズフィールド国が魔法国家なら、ルーブニア帝国は軍事国家だ。戦争では負けなしの巨大な力や兵器を持つが、それは他国から攻められた時だけで、元々は平和主義の国だ。しかし、近年はどうも様子が違う。先代の王の頃から、小国に何かと攻め入るようになっているのだ。

「ルーブニアを利用して何か企んでいるのかしら？」

「ユリアを狙うなら容赦はしない」

心配するアネモネにシロが答えると、それに賛同するように頷く魔物達。

「あと、行方不明になっていた偽者聖女も一緒にいたわよ」

「何故匿っているんだ？」

ラーニャの報告を聞いて、オルトスが呟く。

ネロは犯罪組織の隠れ蓑として使うために、聖ラズゴーン教会を乗っ取っていた。偽者の聖女は、その際に見せかけのリーダーとして担がれた存在だ。

彼女はネロ達と同じく国を超えて指名手配されているのだが、オルトス達は死亡しているだろうと思っていた。特別な能力もない偽者なら、早々にネロが切り捨てると踏んでいたのだ。

ネロの不気味な行動に、皆考えがまとまらない。確かなのは、ネロが何かを企んでいるということだけだ。

「ルーブニア帝国にいるってことは、あの国の兵器や魔道具が狙いかもしれないな」

アネモネとオーウェンはクロノスのその発言に妙な胸騒ぎを覚えた。

大人が大事な話をしていると、寝間着に着替えたユリアが女官に連れられてやって来た。

「ねむいでしゅ……」

近寄ろうとしたアネモネを押し退けてシロがユリアを抱っこすると、ベッドの方に移動していく。

シロにしては珍しい強引な行動に、アネモネは軽く驚いた。

オーウェンはシロの背中を見送りながら呟く。

「最近あまり一緒にいられなかったからな」

「そうね、森にいた時は毎日一緒にいたものね……」

シロはネロ達を調べていたために、ユリアとあまり一緒に過ごせていなかった。そのせいか、ユリアもシロと一緒の時は甘えて離れたがらず、シロもユリア不足で最近はずっとピリついていた。

今は二人だけにしてあげよう、とアネモネは思った。

第7話　いつもの日常、国民へのお披露目

お披露目会が終わり、次の日を迎えた。今日は久々にゆっくり中庭ピクニックをする日である。

「ぴきゅにっく〜！　たのちみね〜！」

「ユリア、テーブルを叩かないの！」

「ブゥー！」

「ブーイングもやめてご飯を食べなさい」

ユリアや他のおちび達は一緒に朝食を食べていた。中でもユリアはピクニックに興奮してテーブルをバンバン叩いていたので、アネモネに怒られている。

「このおにく、おいちーね！」

ニコラスは朝からステーキ肉を頬張っている。ユリア達とご飯を食べて一緒にピクニックに行けるのが嬉しいのか、ニコニコと満面の笑みだ。

ルウはうとうとしながら器用に食べている。ユリアは自分で食べようとするが、シロが横から雛鳥に餌をあげるように口に入れていく。それを苦笑いしながら見守るアネモネ。

先に朝食を済ませたルイーザはフローリアに抱っこされているが、これからのピクニックをユリ

ア以上に喜んでいる。

「フフ、楽しみね」

「たあ！」

皆が食べ終わると、女官達が昼食入りの籠を持ってきた。ユリア達が中を覗こうとするのをアネモネが阻止して縦に整列させる。

「さあ、行くわよ。縦に並んでるわね？」

「「「はーーい！」」」

「たあ！」

抱っこされているルイーザも元気良く返事をする。アネモネとシロに続いて、雛鳥のようによちよちと付いていくおちび達に、通りかかった人達が皆悶えている。暫く歩いていると、すっかりおちび達の遊び場になった中庭に到着する。

アネモネが子供達を見渡して言う。

「見える所で遊びなさいね」

「「「はーーい！」」」

「たあ！　たあ！」

「はいはい、貴女も遊ぶのね」

おちび達は皆汚れても良い服装で来ているので、急いで専用の砂場に走っていく。ルイーザも砂場に降ろしてもらうと、ユリアの隣を確保して泥団子を作り始める。

「おみじゅ～！」

「はいはい」

アネモネは大きな入れ物に水を入れてくると、砂場に置いてあげる。久しぶりの泥団子作りに皆真剣だ。

「静かね」

「ああ、あれは楽しいのか？」

「どうかしらね」

アネモネとシロの疑問をよそに、ニコラスも含めておちび達は真剣に泥団子作りをしている。

そこへ桔梗やラーニャ、シリウスもやって来る。何故かシリウスも無表情のまま泥団子作りに参加し始める。

「できたー！」

ユリアが渾身の作品を掲げる。少し歪だが中々の泥団子に皆が拍手すると、ユリアはポッコリお腹を前に出してドヤ顔する。

だがその時、ユリアの泥団子からにょきにょきと綺麗な花が咲き始める。それを見たユリアは喜びアネモネの所へ持っていく。

「やっぱり出てきたわね……今度は何かしら」

「これは〝神秘花〟だな……絶滅したと思っていた」

シロがドン引きするくらいに凄い花らしい。エメラルドに光り輝くこの花は何と死者すらも生き返らせる幻の花なのだ。

説明を聞いてアネモネは青ざめる。

「こんな凄いもの……どうしましょう!?」

「取り敢えず仕舞っておいた方がいいな」

シロはそう言ってそっと仕舞ったのだった。

それから黙々と作業のように泥団子作りをするおちび達とシリウス。

「遊んでいるのよね?」

「何かに取り憑かれたように作っているわね」

「怖いぞ、あれは」

アネモネ、フローリア、シロは思わず確認し合う。

出来た作品を並べていくおちび達。何故か一番上手いのはルイーザで、一番下手なのはシリウスだ。多分落ち込んでいるであろうシリウスを慰めるルウ。

だが、そんな楽しい時間を邪魔する輩がやって来る。

「おー！　おちび達やってるな！」

「あにち、うるしゃいでしゅよ！」

「「ブゥーーー！」」

「何だよ！　そんなことしてねーで体を動かせ！」

「たあ！（うるさいわね！）」

怒ったルイーザは持っていた泥団子をチェスター目掛けて投げるが、そのスピードと力はとても赤子とは思えない。

「いてて！　やめろ！」

それを見ていたユリア達はニヤニヤして自作の泥団子を持つと、逃げるチェスターを追いかけていった。

「ったく、とんだ目に遭ったぜ！」

一通り泥団子を食らった後、そう言いながら全身の泥を落としているチェスター。

「自業自得よ。またサボりに来たの？」

娘のアネモネに図星をさされて何も言えない。そんなチェスターを見て、また泥団子を作っては投げるユリア達。

「こら、おちび達やめろ！」

「おちごとしないとダメでしゅよ！」

「「ダメでしゅよ！」」

「たあ！（ジジイ！）」

「おい！　この赤子、俺の悪口言ってるだろ！」

「何言ってるの！　ルイーザが言うわけないでしょ⁉」

怒るフローリアと、知らんぷりをするルイーザにぐうの音も出ない。そんなことをしていたらいつの間にかお昼になっていたので、アネモネは持ってきていた籠を開ける。一番に戻ってきたユリアが籠の中を見て目を輝かせる。

「きゃあああ～！　シャンドだぁ～！」

「ユリア、サンドイッチね」

すると、カイル、ニコラス、ルウ、ルイーザが集まってきて歓声を上げる。

「おいちそー！」

「おにくありゅ～？」

「じゅる……」

「たあ！」

「ルイーザはミルクね」と言って、フローリアは女官に用意させる。

お肉を挟んだステーキサンドや玉子サンドにフルーツサンドなど、色んな種類が入っている。ユリアは玉子サンドを美味しそうに頬張り、ニコラスとカイルはステーキサンドを食べ、ルウはチーズハムサンドを黙々と食べていた。

そんなおちび達を優しく見ていたアネモネやシロ達。そこに、今まで寝ていたフェンもやって来た。

『おいらにも食べしゃせろーー！』

「うるちゃいでしゅよ！　おちゅわり！」

ユリアにそう言われて、大人しく座るフェン。そこへ女官達が生肉を運んでくると、フェンは尻尾を振りながらかぶりつく。

「明後日は国民へのお披露目会ね……受け入れてくれるかしら」とフローリアが言う。

「心配ですね」とアネモネは頷いた。

「ユリアなら大丈夫だ」

シロに頭を撫でられ、ユリアは口の周りを玉子だらけにして嬉しそうに笑う。そして、その光景を寝そべりながら見ていたチェスターと目が合う。

「あにちはたべにゃいの～？」

「ああ、俺は腹減ってないからな」

「……」

ユリアは立ち上がると、よちよちとチェスターの元へ歩いていき、手に持っていたサンドイッチをチェスターの口に入れる。

「むぐっ！」

「たべにゃいとおおきくにゃりませんよ！」

「もう十分大きいわ！　ってお前これ食いかけじゃねーか！」

「キャハハハ！」

楽しそうに笑っていたユリアは、ふと笑うのをやめて後ろを振り返る。シロ達も気付いていたが、害がないため黙っていた。

そこには気品溢れる美少年が立っていた。金髪で瞳は緑、歳は十歳くらいだろうか。

「だれでしゅかー？」

「ああ、すまないね。私はラズという。初めましてだね、ユリア」

「ユリアでしゅ！　こんちはー！」

「うんうん。元気そうで何より、私も遊びに入れてくれるか？」

「いいよー！」

「「「いいよー！」」」

「たあ！（しょうがないわね！）」

ラズという少年はユリア達に引っ張られて砂場に促される。

「誰かしら？」

「分かりません。でもあんな子いたら目立ちますよね？　昨日のお披露目会にはいませんでした」

フローリアとアネモネは小声で囁き合う。

シロ達も悪意を感じず、だがそれ以上に妙な力を感じる少年から目を離せない。チェスターもそれとなく警戒している。

「らじゅはちゅくれるー？」

「泥団子か、懐かしいな」

ラズはそう言うと楽しそうに作り始めた。そうこうしているうちに、マーリンと大賢者ヨルムンドがこちらに向かって歩いてきた。

マーリンが目を丸くする。

「ああっ！　いたぞ！」

「ホホホ、我慢ができんかったか！」

「げっ！　もう嗅ぎ付けたか！」

ラズは急いで立ち上がると、ユリア達にまた会おうと言い残して消えていった。少年を追いかけるようにマーリンとヨルムンドも消えていく。消える前にヨルムンドがチョコを配っていったので、おちび達は大喜びだ。

「何だったのかしら？　あの少年は何者なの？」

「嫌な予感しかしないわ」

首を傾げるフローリアと、眉間にしわを寄せるアネモネ。

アネモネの嫌な予感が的中することになるが、それはもう少し先のお話。

†

結局あれからあの少年は戻ってこなかった。マーリンに聞いてもはぐらかされるばかりでアネモネ達は聞くのを諦めた。マーリンの知り合いなら悪い子ではないだろうと思ったからだ。

そんな出来事があった以外は普通の日常を過ごしていたユリア達。チェスターを追い回したり、ひたすら泥団子作りに励んだりして、あっという間に国民へのお披露目会の当日になった。

ニコラスが帰国する日でもあるので、ユリア達は寂しそうだ。

「にこりゃしゅ〜！」

「ユリア〜！」

二人は手を繋ぎ涙を滲ませているが、周りはそれどころではなく忙しく駆け回っている。

「もぉ〜うるちゃい！」

「ブゥーー！」

二人が抗議するがユリアはアネモネに、ニコラスはメアリーによって小脇に抱えられて、強制的におめかしをさせられていく。

「はなちぇーー！」

「ユリア！」

「ニコラス！」

「ブゥーー！　ブゥーー！」」

暴れる二人に母親からの雷が落ちるが、めげずにブーイングする。

「ユリア、この式が終わったらゆっくりニコラスちゃんとお話できるからね？　お利口にして？」

「……うん」

アネモネの説得でしぶしぶ納得したユリア。今回は淡いグリーンのふんわりしたドレスに、同じ色のリボンを髪に付けて、靴も同じ緑のコーディネートだ。

ルイーザは淡いピンク色だが、ユリアとお揃いのコーディネートでご機嫌だ。

「りゅいーじゃちゃん、おにゃじだーー！」

「たあ！（お揃い！）」

着替え終わったユリアとルイーザは母親達と共に皆が待機している控室に向かう。その途中でオーランドとケイシーに会ったので一緒に行くことになった。だがオーランドは人目を憚らずユリアを抱っこして頬っぺたをぷにぷにしている。

「ああ！　何て可愛いんだ！　何だこの可愛い生き物は!?」

「いきものじゃにゃいよ？　ユリアでしゅよ？」

「……可愛すぎる！　これでは近寄る男が増えてしょうがないな！　対策を考えねば！」

「兄上……」

一人で喜怒哀楽を表しているオーランドに呆れるケイシー。昔は眉一つも動かさない冷血な人物ともある。

だと弟であるケイシーも思っていた。両親が追放された時に顔色一つ変えない兄に怒りを覚えたこ

だが、今は昔では考えられない兄の姿に呆れてはいるものの不思議と嫌ではなく、この姿が本来の姿なのだろうと考えたら、昔は相当無理をしていたのだと気付いた。

「良かったですね……」

「そうだろう？　良い対策を考えてくれ！」

「……」

溜め息を吐くケイシーを心配して、ユリアは手を伸ばして頭を撫でる。

「にーに、だいじょぶ～？」

「ああ、大丈夫だよ。ありがとう」

「エヘヘ～」

照れるユリアの頭を撫でてあげるケイシー。それを信じられないという顔で見ているオーランド。

「……ここに一番危険な奴がいたとは!?」

「兄上……頭に虫が湧いたんですか？」

「キャハハハ！　にーにのあちゃまにむしさんいりゅの～？」

「……。そうだよ！　にーにの頭にいっぱい虫さんがいる……いでっ！」

「いい加減にしなさい！」

アネモネに拳骨を食らったオーランドはあまりの痛さに悶絶している。それを見ていたユリアは自分が食らったように頭を擦る。

「かあしゃんのコツンはいたいんでしゅよ〜！　ユリアもコツンされたらないちゃうもん！」

「何だって！　母上、こんなに可愛くて可愛いユリアにこれを食らわしているんですか⁉　許せない！」

「手加減してるに決まっているでしょう！」

アネモネはユリアをケイシーに任せると、説教するためにオーランドを引き摺っていった。引き摺られながらもユリアに満面の笑みで手を振るオーランドに呆れるしかない一同。そしてフローリアに抱かれていたルイーザが一言言った。

「たあ！（馬鹿ね）」

†

引き摺られていったオーランドを見送り（?）、ユリアがケイシーに抱っこされて皆がいる控室に向かっていると、前から派手なドレスを身につけた女性が護衛を引き連れてやって来る。

その女性を見たフローリアやケイシーの顔が厳しくなる。

「これはこれはケイシー王弟殿下とフローリア様じゃありませんか？」

「ああ、ミーガン婦人、どうしてこちらに？」

「ええ、一つお聞きしたくて。どうして先日のお披露目会に我がロインド公爵家が招待されてないのかと思いましして。それはそれは楽しみにしていたのにあんまりですわ！」

フローリアとケイシーは顔を見合わせて溜め息を吐く。それを真似してユリアも溜め息を吐くが、それが面白くなかったのか、ミーガンはユリアを睨み付ける。だが、すぐに笑顔に変わりユリアを覗き込み話し掛ける。

「あら、貴女様がユリア王女？　まぁまぁ……可愛らしい！」

「あにゃただれでしゅか？」

「私はミーガン・ロインド公爵夫人ですわ、王女」

「……貴女は〝まだ〟夫人ではないわよね？」

「ああ、そうでしたわ！　オホホホ」

ミーガンという女は社交界では〝魔性（ましょう）の悪魔〟と言われていて、この女に目を付けられると必ずその家庭が崩壊して、ミーガンが夫人の座に就くとすぐに夫が謎の死を遂げるのだ。ただ死因が不明のため、この女を捕まえられない。

皆が警戒しているはずなのに、何故か愛妻家で莫大（ばくだい）な資産を持つロインド公爵が家族を追い出してこの悪魔を屋敷に入れたと聞いて、皆が驚いたのだ。

友人のチェスターがロインド公爵の説得に行ったが、この女と屋敷の執事である男に邪魔されてしまい、しかも大事な孫のお披露目会の準備があったので多忙を極めて会えないでいたのだ。

ユリアはその澄んだ瞳でミーガンをじっと見つめている。そして……

「おばしゃん、くちゃい！」

「「ええーーー！」」

何を言うのかと思えば大暴言を吐いたユリアは、酷い香水の匂いに鼻を摘まんでいる。それを聞いたミーガンの額に青筋が浮くのを見た護衛は、彼女に帰るように促すが、怒りに震える女の耳には入らない。

「いくら王女とはいえ失礼じゃありません？　王女としての教育がなってないんじゃありませんか！」

「……ミーガン婦人、すまない。ユリアはまだ王女教育をしていないんだ」とケイシーが形だけ謝る。しかし、ユリアは引き下がらない。

「ふん！　このひとのおかおに、くろいモジャモジャがありゅよ！」

「何ですって!?　失礼な！」

「おっ！　こいつは〝魔性の悪魔〟じゃん！」

そう言ったのは突然この場に現れた妖精コウだ。近くにいたフェンもミーガンに向かって唸り声を上げて威嚇している。

ミーガンと護衛達は驚いて固まってしまった。

「しってりゅにょ～？」

「ああ、こいつは誘惑した男に猛毒蛇〝コンブ〟の毒を飲ませて殺して財産を奪う悪魔のような女だ！　妖精界隈でも有名だぜ！」

コウが話している間、ケイシーはユリアの耳を塞ぎながら頷いた。

「コンブの毒は飲んだら体から痕跡がなくなると聞いたことがあります。ですが、コンブはこの国には生息しないはずです」

「ああ、こいつの愛人である男が入手したみたいだぞ！　ついでに言うとその愛人は今公爵家の執事になっているぞ！　公爵はこの毒を飲まされたんだけど、さすが竜人族の公爵だけあって辛うじて生きてるよ！」

またまたユリアの耳を塞ぐケイシーだが、その内容に驚く。

「証拠がありませんわ！　でたらめ言わないで頂戴な！　もういいわ、行きましょう！」

護衛を引き連れて逃げるように去ろうとしたミーガンを拘束するため、兵士が取り囲む。

「ああ、証拠ならこいつの部屋に今までの計画と行いを書き綴った日記があるし、愛人の部屋にコンブがいるぞ！」とまたコウが楽しそうに暴露する。

それを聞いたミーガンは暴れて逃げようとするが、百戦錬磨の竜人兵士に勝てるわけもなく簡単に取り押さえられる。

「ロインド公爵を助けられるのはユリアだけでしょうか？」

ユリアの耳を塞いだまま、フローリアに相談するケイシー。ユリアはこれまで多くの人の病や傷を不思議な力で治してきた。猛毒も消せる可能性が高い。

フローリアがじっと自分を見ているのに気付いて、ユリアは首を傾げて言った。

「きこえまちぇーん！」

「お願いだ！　おちび、あいつを助けてくれ！」
今、祖父であるチェスターが孫であるユリアに頭を下げて、ロインド公爵を助けて欲しいとお願
いしている。
ケイシーとフローリアが先程起こった出来事と、ロインド公爵の危機を、控室にて報告した。そ
れを聞いたチェスターが、急いで助けに行くと言い出して皆と軽く言い合いになっていた。
「チェスター、俺も今すぐに助けに行きたい気持ちはある。だがあと二時間でユリアは国民の前に
顔を出さないといけないんだ」
「それは……分かってるが！……くそ！」
オルトスにとってもロインド公爵は大切な友人だ。助けたい気持ちは人一倍ある。だがルウズ
ビュード国の王族としての責務もあるので素直に許可できない。そんな自分がとても情けなく感
じた。
ロインド公爵の屋敷は王宮から片道だけでも三十分以上かかる。治療して戻ってくるとなるとギ
リギリ間に合うかどうかだろう。

「いいでしゅよ～！　いたいいたいのひと、ユリアがたしゅける！」とユリアは乗り気だ。

「おい、俺が転移魔法で連れてってやるよ！　例の公爵の屋敷は知ってるからな！」

コウがそう言うと、王族達の視線が彼に集まった。気が急くあまり、転移魔法が使える人物が側にいるのを皆忘れてしまっていたのだ。

チェスターが喜びの声を上げる。

「いいのか！　ありがてーな！　おちびと妖精に感謝だな！」

「おちびじゃにゃい！」

ぷんすか怒るユリアと、意気揚々と手を挙げて張り切る妖精コウ。

ユリアとチェスター、シロとクロノスが行くことになり、四人は準備してコウの元へ集まる。

「行くぞーーー！」

「あい！」

シロに抱っこされた元気なユリアの声と共に周囲が淡く光り出すと、彼女達の姿は徐々に消えていった。


その頃、ロインド公爵家の広々とした部屋のベッドには、痩せこけて息も絶え絶えの男性が眠っていた。そこへ眩い光と共に現れたユリア達。

チェスターはベッドで死にかけている友人に近寄る。

「おい、俺だ！　チェスターだ！　聞こえるか？」

「うぅ……うぅ……チェスター……すまない……」

「もう喋るな！　おち……ユリア！　このおじさんを助けてやってくれ！」

「あいよ～！」

シロに抱っこされながら元気良く返事したユリアは、ロインド公爵の前にやって来る。

「いたいのとんでけーー！」

ユリアがそう言うと、ロインド公爵が眩く光を放つ。光が徐々に落ち着いてくると、そこには血色の良くなったロインド公爵がいた。彼は驚いて飛び起き、いきなり激痛がなくなり体が自由に動くようになったので、何が起きたのか分からずに唖然としている。

「体が……体が動くぞ！　チェスター……どうなっているんだ⁉」

「俺の孫がお前を治したんだ！」

「エッヘン！」

ドヤ顔するユリアを見てロインド公爵は涙を流してお礼を言う。

回復したロインド公爵に話を聞くと、家族には危害が及ぶ前に家を出てもらって、あの女を追い詰めるために証拠を集めていたら、いきなり倒れたらしい。

「お前の家族は？」

「ああ、俺が用意した隠れ家にい……」

「何の音だ！」

いきなり屋敷の主の部屋にずかずかと入ってくる一人の男。男はロインド公爵が回復していることとチェスターがいることに驚いている。

「お前があの女の愛人か⁉　あいつは捕まったぞ！　あとはお前だけだ！」

「こんな奴俺は知らないぞ！　あの女が勝手に入れたのか！」

チェスターとロインド公爵が男の正体を見抜き、ユリアが指を差す。

「きゅろ、ひっとりゃえろー！」

「ぶっ……はいはい」

クロノスが近付くと、動揺した男は逃げ出そうとする。だがクロノスと目が合った瞬間に体から力が抜けて気絶してしまう。

「これぐらいの威圧にやられるとはな」

チェスターは男を拘束して、ロインド公爵は元気に立ち上がり、証拠の日記と猛毒蛇コンブを発見した。

「わあ！　蛇しゃんだー！」

コンブを見て喜ぶユリアと、何故かユリアを見て尻尾を振り嬉しそうなコンブ。そこへコウが来て、コンブを元の場所に帰らせてあげたいと申し出た。ロインド公爵は妖精コウに驚きつつも恩人の願いに快諾（かいだく）する。

するとと、ユリアの楽しそうな笑い声が響いた。

チェスターはそちらに目を向けギョッとする。

「おい、ユリアやめろ！」

「大丈夫だ、あいつもユリアが大好きだって言ってるぞ！」とコウが言う。

皆が必死で止めるが、ユリアはそんな大人達をよそにコンブを首に巻いて頭を撫でていた。

†

ロインド公爵家の事件を無事解決した一同は、あとのことを公爵に任せて急いで王宮に戻ってきた。その後ロインド公爵は家族を屋敷に呼び戻して、家族共々ユリア親衛隊に入会したのだった。

「もどりまちたー！」

「戻ったわね！　あっ髪がボサボサだわ、もう行くわよ！」

「あーーれーーー！　たちゅけてー！」

元気良く手を挙げて報告するユリアに皆が近寄る前に、アネモネが現れてユリアを小脇に抱えると部屋を出ていった。他の者はロインド公爵家の事件解決を皆に報告する。

「そうか……良かった……良かった」

噛み締めるように言い続けるオルトスを優しく抱きしめるフローリアとルイーザ。そしてエリーやオーウェン、ケイシーも安堵していた。

皆が各々話をしながら一息ついていると廊下が騒がしくなり、オーランドが国王らしく正装してやって来た。だが入ってきて早々に何かを探している。

「ユリア〜！　にーにが戻ってきたよ〜！」

「ユリアちゃんは髪を直してもらってるわよ」

フローリアが呆れて説明していたら、シロに抱っこしてもらいお色直ししたユリアがやって来た。

「ユリア〜！　いつも可愛いけど今日はもっと可愛いね〜！」

「エヘヘ〜！　にーにもしゅてきでしゅよ！」

そんな仲良し兄妹を見守りつつも、皆はお披露目会のために移動を始めた。

一方で王都はお祭り騒ぎだった。出店が立ち並び、ユリア達が挨拶する予定の王宮前の広場には大勢の人々が詰めかけ、今か今かと待っていた。

そう、ユリアのことは国中の人々が知っていて、関係各所からユリアの武勇伝（？）を聞いているので、老若男女から幅広い支持を得ていた。

「ばーちゃん、ユリア王女まだかな？」

「楽しみね〜」

「一緒にダンス踊るんだ！」

子供達の間でユリアが考案（？）したホネホネダンスやユラユラダンス、そしてカニ歩きダンスが何故か大人気になっていた。

「ねーママ！　音の鳴るお靴履いてくれるかな？」

「そうね、楽しみだわ！」

ユリアのあの例の靴の話も広まっており、一部の商会では製造できないかと王宮に問い合わせしている。そう、アネモネ達の心配は無用でユリア達は大人気だった。

そんな人々で賑わう出店に並んでいる、品のある絶世の美少年がいた。周りの視線は皆少年に釘付けだ。

「あら、綺麗な子だね！　おまけしちゃう！」

「すまないな、ありがとう」

少年――ラズは広場の噴水前のベンチに座り、肉の串焼きを美味しそうに頬張る。

「食文化も進化したのう～」

「何が〝したのう～〟だよ！　何やってんのさ！」

「マーリン、見つけるのが早いのう！」

そこに現れた魔神マーリンと大賢者ヨルムンド。

「現れおったか、少しくらい良いだろう？」

「サボりすぎ！　下界に降りすぎだよ！」

「頼む！　ユリアの挨拶だけでも見させてくれ！」

頼み込むラズに渋々だが許可を出すマーリン。自分も見たいのだろう。

「お主も相変わらず創造神っぽくないのう、ラズゴーンよ」

「本当だよ！　しっかりしてくださいよ！」

そう、少年ラズの正体は創造神ラズゴーンだった。神界でユリアを見守っていたがその内に会いたくて仕方がなくなり下界に降りてきたのだった。

そしてその原因の一つはマーリンにあった。彼がいきなり神界から消えたと思ったら下界でユリアと楽しそうにしているので、ラズゴーンは我慢できなくなったのだ。

「説教は後で聞くわい、今はユリアを見守りたい」

「……そうだね」

「ホホホ」

最強の三人は仲良くベンチに座り、ユリアの登場を待つのだった。


いよいよお披露目会の始まりを告げる鐘の音が鳴り響く。

そして現れたのは、ルウズビュード国現国王オーランドと初代国王のジェスだ。オーランドの王の風格漂う威厳ある姿と、初めてその目で見る初代国王の登場で、広場は一気に熱気に満ち溢れる。

オーランドは国民に向かって声を張り上げる。

「国民よ！　この国は良い方向に変わらねばならない！　忌まわしい風習を終わらせて、新しいルウズビュード国を誕生させたいと思う！　では新しい風を吹かせる主役に登場してもらおう！」

ジェスも頷き皆が注目する中、登場するドアが開かれる。

ピープーピープーピープーピープー。

静まり返る中で聞こえてきたのは、あの足音。

「嘘！　何で⁉　今まで普通だったのに！」

「おい、コウ！　お前の仕業だな！　何処だ！」

アネモネとオーウェンの焦った声が響く。

「きゃあああ～！　おくつなってましゅよ！」

騒がしくなる大人達をよそに、喜ぶユリアは小躍りしながら会場までやって来るが、その間もずっと気が抜けそうな音が鳴り響いている。

「……ユリア～？　そのお靴はどうしたんだい？」

「にーに！　見て～」

ユリアがステップを踏むたびに、ピープーピープー、と音が鳴る。

「うん。分かった、進めよう」

靴が嬉しくて走り回るユリアを捕まえて抱っこするオーランドと爆笑するジェス。

それを広場で見守っている国民はこのカオスな状態に戸惑っていたが、子供達は親にユリアが履いている靴が欲しいとねだっていた。

やがてオルトス達もルイーザを連れて入場し、挨拶する段になった。

オーランドの腕をすり抜けてまた走り回ろうとするユリアを、シロが捕まえる。

「はなちてー!」

「ユリア、みんなが見てるぞ。しっかり挨拶しろ」

暴れるユリアを優しく諭すシロ。言われたユリアは広場に集まる大勢の人に気付いて、暴れるのをやめる。

「こんにちはーー! わたしはおうじょのユリアでしゅよ! このこはりゅいーじゃおうじょでしゅ」

「たあ!(よ!)」

「ルイーザ……」

軽い挨拶(?)をするルイーザに苦笑いするフローリアとオルトス。気にすることなく元気に手を振るユリアに、一瞬呆気に取られて静まり返っていた広場の人々は大歓声を送る。

「ユリア王女ーー! 可愛いーー!」

「ルイーザ王女も可愛いわー!」

「可愛いは正義よ!」

様々な歓声に、オーウェンとアネモネは涙を流している。正直怖かったこの国民へのお披露目会だが、こんなにも温かく受け入れてもらえて、二人は今までの苦労は無駄ではなかったと感じていた。

「これからユリア王女とルイーザ王女は国のために公務にも参加する正式な王族だ！　異議を唱える者はいるか！」

オーランドの威厳ある言葉に歓声は最高潮を迎える。

「にーに、こーむってにゃにー？」

「国のために働くことだよ～」

「ユリアはたりゃくの～？　やったー！　おしょーじしゅる！」

「ユリア、掃除は他の人に任せようね？」

呆れるアネモネ達だが、ユリアの可愛い発言に広場の人々は悶えていた。正式にユリア王女とルイーザ王女が誕生した瞬間だった。


「ホホホ、ユリアは可愛いの～」

ホッコリするヨルムンドにラズゴーンが頷き、マーリンは爆笑している。そして大々的なお披露目会の終わりを告げる鐘が鳴り響く。

「ユリアにはこれから悪意ある者達が近付いてくるかもしれんな」

「大丈夫じゃよ、ユリアの周りを見てみよ。敵うはずないわい！」

心配するヨルムンドにそう返して不敵に笑うラズゴーン。確かに最強軍団がユリアを守っているから、そう簡単に近寄ることもできないだろう。

三人はこれからもユリアを見守っていこうと決めて、手を振る彼女を笑顔で見ていたのだった。


「これからは公務も行わないといけないのね」

「そうだな」

「心配だわ」

「大丈夫だろ、最強の護衛があんなにいるんだ」

「そうじゃなくて……何かやらかしそうで」

オーウェンとアネモネは心配そうにユリアを見ると、ユリアは例の靴を鳴らしてまたオーランドに抱っこされていた。

「心配だ」

「心配だわ」

二人の声が重なる。娘が無事公務をこなせるか、心配しかない両親だった。

第8話　ユリア、森に帰ります！

お披露目会から十日程経った日のこと。ユリアは朝からウキウキしていた。今日から暫く、自身が育った〝古の森〟に帰ることになったのだ。

国中の人々に王女と認められ落ち着いたので、飛び出して以来そのままにしていた森の家を一旦整理するために戻ることにしたのだ。

だがそれに反対したのがオーランドだ。このままユリアが帰ってこなくなることを危惧したのだ。彼の説得には一週間以上掛かったが、最後はユリアの泣き落としで渋々許可を出した。

「にーにも落ち着いたら遊びに行くからね」

「うん！　にーに、はやくきてにぇ〜！」

「にーに頑張るよ！」

そう言い残して溜まった仕事を片付け始めたオーランドは、今までにないくらいの物凄いスピードでこなしていくのであった。

お遊戯会を成功させた後で、ニコラスはジャンロウ国へ帰っていった。ニコラスと別れてからユリアは暫く塞ぎ込んでいたが、森に帰れると聞いてやっと元気になってきた。それに今回はカイルとルウも一緒なので、とても嬉しい。カイルは母親のナタリーと一緒に行くことになった。ルウも桔梗にベッタリだ。

そして問題になったのがルイーザだ。最初はルウズビュードで留守番をするはずだったが、自分も行きたいと主張して機嫌がすこぶる悪くなった。

荒れに荒れる我が子に困り果てたフローリアとオルトスだが、オーウェン達と話し合いを重ねた結果、フローリアとルイーザも一緒に行くことが決定した。その瞬間にガッツポーズした赤子に、皆が苦笑いしたのだった。

「きゃーーー！　りゅいーじゃちゃんもいっちょ？」

「たあ！（一緒よ！）」

ルイーザも一緒に行くと聞いて小躍りして喜ぶユリア。

それから数日が平和に過ぎていき、森に帰る当日になった。朝から興奮気味の子供組はそれぞれ着替えを済ませて準備万端だ。森の家にはクロノスの転移魔法で一瞬で行けるので特に問題はない。

「ユリアのいえ、たのちみだねー！」

珍しく興奮気味のカイルはソワソワが止まらない。

「たのちみ……！」

静かに喜びを噛み締めるルウ。

「たあ（行くわよ）」

何故か一番冷静なルイーザ。

「ユリアのおへやあんにゃいしゅるね〜！」

皆で一緒に帰れるのが嬉しいユリアは、カイル以上に忙しない動きをして危なっかしいのでシロに捕まった。

「私まですみません」

申し訳なさそうなナタリーは興奮気味のカイルを押さえている。

「いいのよ！　カイルちゃんも喜んでいるし大歓迎よ」

アネモネは荷物をまとめながらそう答える。そして子供達の後ろには当たり前のようにフェンと妖精コウもいる。

「準備できたら行くぞ、俺の周りに集まれ！」

クロノスが集合をかけると集まってくる一同。ピピも定位置であるユリアの頭の上に止まり、そんなユリアはシロに抱っこされていた。そしていざ行こうとした時だった。

「おい！　俺を置いていくつもりか⁉」

「あー！　あにちだーー！」

「「あにち！」」

「たあたあ（また面倒臭いのが来たわ）」

背中に大きなリュックを背負い息も絶え絶えに現れたのはチェスターだった。

「何しに来たの？　呼んでないわよ！　仕事はどうしたの？」

怒るアネモネだが、チェスターはそれを無視してユリアの元へ行く。

「ユリア！　お前の家を案内してくれ！」

「いいでしゅよー！　でもあちはあらってくだちゃいね！」

「おい、もう足は綺麗だぞ！　いい加減に俺を見て足の話をするのをやめろ！」

「きゃははは！」

チェスターは一週間近くも、仕事を終わらせるために執務室に籠り続けていた。それもこれもユリアの育った森に行きたかったからだった。大事な孫や娘が住んでいた家をずっと訪れたかったのだ。

「あにちもいっちょにいこー！」

「ああ、行こうな！」

だが、皆は知らなかった。ユリアの家が規格外なことを……。

そして、いつも一緒にいる魔物達の凄さを嫌という程に知ることになるとは、この時は誰も思っていなかった。

「よし行くぞ！」

そう言うとクロノスの周りが光り輝き出して、皆が一瞬でルウズビュードから消えたのだった。

一瞬の浮遊感の後に光が収まると、そこには森に囲まれた一軒の家が佇んでいた。木で出来た二階建てで手作りの家だ。そんな家の周りには花壇があり、色とりどりの綺麗な花が咲いている。

「うわー！　かわいいおうちでしゅね！」

「かわいい」

カイルが家に向かって走り出し、ルウもその後を追う。

「たあ！（いいわね！）」

ユリアが育った家を品定めし、合格を出す赤子ルイーザ。

子供達が各々に興奮気味に騒いでいる。ユリアもシロに降ろしてもらい、よちよちと懐かしの家に向かい歩いていく。そんな娘と同じく懐かしさを感じながら、鍵を開けて家に入っていくオーウェンとアネモネ。その後に続いてシロ達魔物とフローリア、そしてナタリーが順々に家の中に入っていく。

「相変わらず落ち着く家じゃのう」

クロじいが部屋を見回して笑顔になる。

「でも埃臭いねぇ！」

そう言うと桔梗は窓を開ける。確かに埃が舞っているので、急遽今から皆でお掃除をすることになった。

「こーむでしゅか？」

「ユリア……お掃除は公務じゃないぞ？」と娘の発言に苦笑いするオーウェン。

「ふーん……ユリアはゆかをふきましゅよ！」

「カイルもー！」

「ルウも」

「たあ！（私も！）」

「ルイーザ、貴方はここで待機よ」

「ぶー！」

フローリアに抱っこされて待機と告げられたルイーザはブーイングをするが、周りはそれどころではなく相手にされない。

勝手知ったる魔物達は、自然と役割分担をして早速掃除に取り掛かる。

シロは健気に布団を洗って干し、桔梗やラーニャは家の埃を叩いていて、クロじいやネオ、ゼノスはユリア達おちび組のフォローに入っている。ユリアは雑巾を持ち、ちまちまとあちこちを拭いては、出てもいない汗を拭う仕草をして周りを和ませている。

クロノスは庭でオーウェンと薪割りをしていて、アネモネは細々と指示を出しながら自分もキッチンの掃除をしている。ピピはユリアの周りを飛んで応援している。

「魔法の方が早くないか？」とコウは疑問を口にする。

アネモネは溜め息を吐いて首を横に振った。

「コウちゃん、みんなでやるから達成感があるのよ？　魔法ばかりに頼っていたらダメ人間……ダメ妖精になるわよ！」

「ガァーーン！　つまり俺はダメ妖精……」

ガーンと落ち込むコウを一生懸命に励ますユリア。フェンはというと、広々とした庭を楽しそうに走り回っている。

そんな中、皆の輪から外れてポツンとしているのはチェスターとシリウスだ。チェスターは掃除を普段全くしないので動けず、シリウスは木陰に座りボーッと皆を見ている。

「あにち、いっちょにパタパタしましゅよ！」

そう言って叩きをチェスターに渡すユリア。いつの間にかピンクのエプロンと三角巾を着けて本格的な格好になっていた。

「これで叩けばいいのか？」

「ほこりしゃんをたいじしゅるんでしゅよ！」

そう言って叩きをパタパタやるが、背が低いので埃まで届いていないユリア。一生懸命に背伸びをするが、それでも届かなくて落ち込んでいる。

見かねたチェスターが肩車してあげると、ユリアは喜んで天井近くをパタパタ叩く。

「キャーー！　あにち、たかいでしゅよ！　パタパタしましゅ！」

「ああ、埃を退治しろ！」

「パタパタ―パタパタ―パタパタ―」

「……おい、声に出さなくてもいいんだぞ？」

「エヘヘ～！」

そう言いながらも、精神年齢が同じな祖父と孫は嬉々として埃退治に励んだ。そんな父と娘を複雑な思いで見ているアネモネ。側にいるフローリアに小声で言う。

「あの子、本当に父上に似てきてるわ……心配です」

「うーん……何とも言えないわね」

フローリアも苦笑いするしかない。

「たあたあ！（大変だわ！）」

するとチェスターは自分の悪口を言われていることに気付き、抗議する。

「おい、失礼な奴らだな！」

「ユリア……あにちにてるにょー？」

何故かフラフラとし始めるユリア。チェスターが慌てて肩車から降ろすと、床に崩れ落ちた。

「ユリアどうしたの？　具合が悪いの？」

アネモネが心配して駆け寄る。

「うう……ユリア……あにちみたいに、あちくちゃくなっちゃう……」

「お前の心配は足か！　もう臭くないぞ！」

そこへ音も立てずにやって来たシリウスが、落ち込むユリアに懐から一つの小瓶を渡す。

「これにゃにー？　おいちい？」

「……これを足に塗るととても良い香りがするんだ」

シリウスは小瓶を開けてユリアに嗅がせる。

「ぎゃあ、くちゃい！」

鼻を摘まみひっくり返るユリア。興味を持ったカイルやルウが匂いを嗅ぎに行き、見事に撃沈する。

それを見ていた桔梗が駆けつけてシリウスに怒る。

「あんた何を嗅がせたのさ！」

「桔梗の一番大事にしている香水……」

「……」

シリウスが持っている小瓶を奪うと、何事もなかったようにスッと懐にしまった桔梗であった。

†

アネモネは掃除が落ち着いてきたので、二階のユリアの部屋で遊んでいるおちび達を呼びに行く。

そこにはおちび達にもみくちゃにされるチェスターとシリウスがいた。シリウスはルウと遊んでいて、ユリアとカイル、そしてルイーザはチェスターと戦っていた。

「なかなかちにましぇんね！」

「ユリアがこうげきしましゅ」

「たあ！（やっちゃえ！）」

ユリアはよちよちだが走っているつもりでいる。そしてチェスターにパンチを炸裂させるが、肝心のチェスターは横になりイビキをかいて寝ている。

「う～ん……しんだにょかな？」

「うーん……」

チェスターを見て首を傾げるユリアとカイル。見かねたルイーザが高速ハイハイで足元に行き思いっきりパンチする。

「たあ！（くらえ！）」

「痛っ！　地味に痛い！」

突然の痛みに、寝転がりながら悶絶するチェスター。

「りゅいーじゃちゃん、しゅごい～！」

「しゅごい！」

「たああ（まぁまぁね）」

「何なんだこの赤ん坊は!?」

ユリアとカイルに褒められてルイーザは得意げだ。チェスターはパンチされた箇所を擦っている。

「何やってるの、もうご飯にするから下りてきなさい」

「かあしゃん！　はーーい！」

「「はーーい！」」

「たあ！」

シリウスはルウとカイルを抱っこして、チェスターはユリアとルイーザを小脇に抱えて一階に下りていくと、炭火で焼かれた肉の良い匂いがしてくる。

きゅるるるる～。

おちび達のお腹が共鳴するように可愛く鳴いている。庭でバーベキューの準備をする一同。女性陣は野菜を切ったり食器の準備をしたりするのに忙しく、男性陣は肉を捌いて焼いている。ネオやゼノスは串に肉と野菜を刺している。そこへおちび達がやって来てお手伝いを始めた。

だが野菜を運んできたアネモネが見たのは、串の中身を全部肉にして隠しているユリアの姿だった。

「ユリア、今隠したものを出しなさい？」

「ふんふん～♪　なんのことでしゅか～？」

「お肉ばかり刺した串のことよ」

そうして、隠しているつもりが隠せていない串を取り上げられてしまう。

「ブゥーーーー！」

「ブーイングもやめなさい。お野菜も食べてあげないと悲しむわよ？」

「……わかりまちた」

そう言って一個だけ肉を外し、一個だけ野菜を刺すユリアに周りは笑いに包まれる。これ以上言うと泣き出しそうなユリアに負けたアネモネは、一個だけ野菜を刺すという条件で渋々許す。

刺し終わった串を、焼き担当のオーウェンとシロの元へ持っていくおちび達。串が焼けるのを待つ間に、焼きたてのステーキ肉にアネモネ特製のタレをかけて食べ始めた。

「おいちい！」

「このタレおいちいでしゅね！」

「もぐもぐ」

物凄い勢いで肉を平らげていくユリア達を微笑ましく見守る大人達。そして串焼きがどんどん追加されていく中で、ユリア達を脅(おびや)かす人物が現れる。

「……旨い」

そう、シリウスだ。黙々と肉を食べ続ける姿に何故かユリア達は怒ることなく、逆に自分で取った肉をシリウスにあげている。

「いっぱいたべておおきくなるんでしゅよ！」

「……」と無言で頷くシリウス。

「ユリア、お前が大きくなるんだぞ？　こいつはもう大きい……というか骸骨だ」

シロが呆れながらユリアを諭す。ユリアは頷くとよちよちと歩いていって、チェスターの皿から肉を奪い食べ始める。

「おい、何で俺から奪うんだ！　あっちから取ってこい！」

「ユリアはおおきくなるんでしゅ！」

「そうか。……ってなんねーぞ！　返せ！」

ユリアは噛んでいた肉を口から戻そうとしてオーウェンに止められる。その後祖父と孫は正座させられて、アネモネにたっぷりと説教されましたとさ。

†

「『ユリア、だいじょぶ？』」

「すん……すん……」

アネモネに怒られてから泣き続けるユリアを心配するカイルとルウ。そんなユリアを抱っこして優しく慰めるシロ達。

「ユリア、お散歩行くか？」

「すん……すん……おしゃんぽ」

指を咥えて頷くユリア。カイルとルウも行きたいと言ったので連れていくことにしたが、フローリアやナタリーが反対する。ここは危険な魔物もいることで有名な〝古の森〟だからだ。

「危ないわよ、ユリアちゃん、中で遊びましょう？」

「そうですよ、カイル、危ないからこっちにいらっしゃい」

何とか家の中で遊ぶように促すが、おちび達は森に行く気満々だ。

「大丈夫だ、いつものことだからな。ユリアがグズったらよく森に散歩に行っていた」

「でも……！」

「俺達がついてるんだぞ？　何かあると思うか？」

シロのその言葉に何も言えなくなるフローリアとナタリー。ユリアはシロが、カイルはクロノスが、そしてルウは桔梗がそれぞれ抱っこして森に入っていった。


森は異様に静まり返り、鳥や虫の鳴き声すら聞こえない。

「おいおい、本当に大丈夫か？」

「あにちもおしゃんぽ？」

あの場には気まずくていられず、ユリア達の後ろを付いてきたチェスターはこの森の異様さに警戒する。

森に入り元気を取り戻したユリアはシロに降ろしてもらい、よちよち先頭を歩いていく。

その時、前方から強大な魔力の気配がしたかと思うと、その魔力に周囲を囲まれてしまった。

それに気付いたチェスターは思わず剣を構えようとする。

「おい！　囲まれてるぞ！　ちび達を守れ！」

だがシロ達は何事もないようにおちび達を連れて歩いていく。すると四方八方から巨大な青い狼が現れる。

「おい、嘘だろ……天狼(てんろう)か！」

天狼とはＳ級の魔物で、魔力が高く魔法も使える。群れで行動しながら連携して敵を襲う、知能が非常に高い魔物だ。一匹でも恐ろしいのに今は数十匹に囲まれている状態だ。

「おい！　早く始末するぞ！」

チェスターが緊張感の中、攻撃をしようとした時だ。森の奥から更に巨大な赤い天狼が現れた。この天狼はチェスターが驚く程に強い魔力を持っている。

「嘘だろ……変異種(へんいしゅ)かよ」

唖然とするチェスターの横をすり抜けて、ユリアが赤い天狼に近付いていくが、それを誰も止めようとしない。

「ユリアーー！　こっちに……」

「あー！　あかわんわんだーー！」

チェスターの声を遮って、ユリアは赤い天狼の足に突進していくと、もふもふを堪能し始めた。

【フェンリル、我らが王よ。そしてユリア、久しいな】

「天狼の長(おさ)よ、久しいな」

赤い天狼の声にシロが答える。それは人間にも聞き取れる特別な声だった。

周りにいる天狼は一斉に頭を垂れる。その光景に呆然とするチェスターだが、カイルやルウは興味津々に赤い天狼に近付いていく。

「ユリア、おともだちなんでしゅか？」

「うん！　いちゅもあしょんでたの！」

【ユリアの友達か？】

「「うん！」」

【可愛いな】

カイルとルウも赤い天狼に抱きついてもふもふを堪能している。

「ルウもカイルも度胸があるねぇ」

「ああ、ユリアに感化されたんだろうな」

桔梗とクロノスも驚く程に馴染んでいる。

ユリア達は他の天狼達とじゃれついて遊び始めた。それを見ながら赤い天狼はシロ達にある報告をしていた。

【我らの王がここを離れている間に、あの家に侵入しようとした者がおりました。ですがあの家は強力な結界が張られていますから、苦戦していたところを我らが見つけて、威嚇すると逃げていきました】

「……侵入者の特徴は？」

【一人は人族の若い女でもう一人は人族の若い男でした。魔力は結構ある方でしたが、我々の相手ではありません。そして逃げる際に男の方はこう言っていました。〝ネロ〟様に報告するぞと】

「ネロ……動き出したか」

その名を聞いて一気に厳しい顔になるシロ達。

人を、そして魔物を弄ぶ狂気の男。今はループニア帝国に潜伏していると聞いていたが、また何か企んでいるのだろう。

「そろそろ動くか」

「そうねぇ、あっちが先にやらかしたんだからこっちも動かないとねぇ」

「すぐに終わらすぞ」

シロ、桔梗、クロノスは、楽しく遊ぶユリアを見つめながらそう宣言したのだった。

第9話　緊急会議とユリア

天狼から貴重な情報を聞いたシロ達は、おちび達を抱えて急いで家に戻った。そんな大人達にされるがままに小脇に挟まれているおちび達からは文句が出てくる。

「もう！　なんなんでしゅか！」

「あしょんでたのに！」

「ブウー！」

何故か後ろから天狼達も付いてきている。すぐに家に着くと皆を招集し、シロが代表して先程の話をする。だが、フローリアやナタリーは凶悪な天狼がいることに驚いている。そんな二人とは対照的に、子供達は天狼とじゃれて遊んでいる。

「カイル！　危ない！」

ナタリーはカイルが天狼に近寄り抱きついたのに驚いて叫ぶ。

「かーしゃま！　だいじょぶでしゅよ！」

そう言ってカイルはまた天狼と遊び始める。気が気でないナタリーの元へ、あの赤い天狼が近付いてくる。

【心配するな。ユリアの友に危害は加えない。それに可愛いおちび達だ】

「……そうですか」

赤い天狼のあまりの迫力に、ガタガタと震えて失神寸前のナタリーであった。

一方、シロから話を聞いたオーウェンやアネモネは怒りに震えていた。

「また動き出したのか……まさかここに来るとは！　一体何がしたいんだ⁉」

「もしかしてまだユリアを狙っているのかしら……」

「ネロは自分が見張られているのを知っているはずだ。下手に動くことはないだろうが……」

シロ達にもネロのこの妙な動きが理解できない。それにルーブニア帝国の不審な動きも気になる。

皆が黙ってしまったのを見てユリアがよちよちと歩いてくる。

「とーしゃん、かあしゃんどうちたの～？」

「ああ、ユリア。ユリアは父さんと母さんが守るからな」

「エヘヘ～！　じゃあユリアはとーしゃんとかあしゃんをまもりゅ～！」

満面の笑みでそう言うユリアを抱きしめるオーウェンとアネモネ。そんな中、ある気配がしてユリアの頭に乗っていたピピが騒ぎ出す。

『あれ～！　この気配はリカルドだ～！　逃げろー！』

するといきなり部屋の中に光が現れ、次第に収まるとそこにリカルドとケイシーがいた。

「リカルドと……ケイシーか？　どうしたんだ？」とオーウェンが尋ねる。

「父上、今リカルド王から報告があって、ルーブニア帝国が我が国ルウズビュードに向けて侵攻しようとしているそうです」

「はあ？　本当か、リカルド」

「ああ、すぐに知らせようと思ってルウズビュードに行ったら、お前らが森に帰っていると聞いて急いで来たんだよ」

リカルドの話によると、ここ最近のルーブニア帝国の動きが怪しくて、アーズフィールド国で監視していたら戦の準備をしていることが判明した。その標的がまさかのルウズビュード国という報告が来たので、転移魔法が使えるリカルド本人が急いで知らせに来たのだった。

「何で？　あの国とは一切関わりがないはずよ？」とフローリアは眉根を寄せる。

「母上の言う通りだ。あの国に狙われる……まさか！」

オーウェンはユリアを見る。すると、皆もユリアを見るので何故か照れているユリア。

「なんでしゅか～？」

「このちんちくりん狙いか？」とチェスターが言う。

「ちんちくりんじゃないでしゅよ！　あにちのあちくしゃ！」

「何だと！　やるか～？」

「うけてたちましゅ！」

ユリアはよちよちとチェスターに近付いてポカポカと攻撃する。それを見ていたカイルとルウも寄ってきてポカポカ攻撃に加わって遊び始めた。

「もうルウズビュード国に向かっているのか？」と厳しい顔になるオーウェン。

「ああ、最強の二万の兵を引き連れて向かっている。ルウズビュード国の前にあの森も抜ける必要があるから、早くても到着は三日後の予想だな」とリカルドもいつになく真剣だ。

それを聞いていたシロ達魔物は、楽しそうなユリアを見て決心する。

「俺達はユリアに害を与える存在を許さない。その国がユリアを狙っているとするならこちらは反撃に出るまでのことだ」

「そうだねぇ～」

「そうじゃな」

桔梗とクロじいが即座に賛同する。ラーニャやネオそしてゼノスも真剣に頷き、シリウスも立ち上がる。クロノスも怒りに震えていた。

「取り敢えず一旦国に帰るぞ！」

オーウェンの言葉に皆が頷く。ユリアや子供達はアネモネと森に残ることになったのだが、オーウェンやシロ達が国に戻ると聞いて泣き出した。

「うわーーん……ユリアも行く……うう」

「ユリア、すぐに帰ってくるから、お利口にしていてくれ」

「うう……とーしゃん」

「本当に〝すぐ〟帰ってくるからな」

シロや魔物達が不敵な笑みを浮かべたのだった。

†

「陛下、如何致しますか？」

側近達と緊急会議をしている国王オーランドと祖父のオルトス。リカルドから寄せられた情報でルウズビュード国に迫りつつある危機について知ったばかりだが、今彼らが真剣に話し合っているのはユリアとルイーザの公務内容のことだった。

「ユリアは私と一緒の公務にしてくれ」

「オーランド、ルイーザは私との公務にして欲しい」

オーランドとオルトスは満足げに頷き合う。

「あの〜、先程のリカルド王が話していた件ですが……」

そんな中、やっと側近の一人がルーブニア帝国の件に触れる。

「ああ、狙いがユリアだとしたら有無を言わさず殲滅させる」

「そうだな、確か軍事国家だと聞いたが、我々との接点はない。侵攻してくるなら返り討ちにするしかないな」

オーランドとオルトスの言葉に強く頷く側近達だった。

一方、ユリアの母方の祖母エリーの元へは、ユリアを愛でる会のレニー夫人達が集まり怒りを露わにしていた。

「エリー夫人、私許せませんわ！　もし私達の天使を狙っているとしたら返り討ちにしてやりますわ！」

「そうよ！　男性にばかり頼ってられませんわ！」

「そうね。私にとっても大事な孫よ、皆さん準備に入るわよ！」

「「「「はい！」」」」

エリー達は不敵な笑みを浮かべていた。

「馬鹿な奴らだねぇ〜」

「ホホホ、まぁいざとなればワシが出れば良い。こんな老いぼれが出る幕はなさそうじゃがのう」

結束を強めるエリー達を、少し離れた所から見ていたマーリンと大賢者ヨルムンドは、竜人族の異常な強さを知っているので、そう言いながら安心して消えていった。

†

一方、森のユリア達は赤い天狼や天狼達に守られて眠っていた。あれからずっとグズっていたがやっと疲れて眠ったのだ。

「あの……大丈夫でしょうか？」

バーベキューの片付けをしていたナタリーはふと不安を口にする。

「ああ、ルウズビュード国なら大丈夫よ。心配なのは狙いがユリアだったらってことね」

「そうね。国の心配は要らないわ、ルウズビュード国は子供でも戦えるからね」

アネモネとフローリアは安心させるように笑う。そして、心配とは言ったが、ここを襲撃されても切り抜けられる自信がアネモネ達にはあった。

ナタリーとカイルは、長い間地下に隔離されていたため、本来の竜人族の力を取り戻せていない。だがカイルは、最近オーランドやチェスターと体力や魔法の訓練をしていたので、力を取り戻しつつある。たとえ戦いになっても、自分の身を守ることはできるだろう。

そして森の家の周りの結界を更に強力にしておいた。少しでも悪意があると入れないのは大前提として、侵入しようとすると有無を言わさず攻撃も仕掛ける設定になっている。クロノスとシロが協力して作った史上最強の結界だ。

周辺の見張りは天狼達に任せてあるし、アネモネもフローリアも、最強を誇る竜人族の王族の一人なのだ。

「ここに来たら返り討ちにしてやるわ」

「そうですね、切り刻んで天狼達の餌にしてやります！」

「あはは……」

張り切るフローリアとアネモネに苦笑いのナタリーだった。

「ユリアもたたかいまちゅ！」

いつの間にか起きてきたユリアが戦闘ポーズを取っていたが、ただただ可愛いだけで癒されるアネモネ達。

「ユリア、目元が赤く腫れちゃってるわね」

アネモネの言葉が耳に入らないのか、パンチを繰り出して準備万端のユリアは、一頭の天狼の元に行きパンチを繰り出す。

「てきしゃんかくご！　てい！」

『……？……!!　キャン！』

首を傾げる天狼だが、空気を読んだのか、急いで倒れる振りをする。

「やったー！」

ピョンピョン跳ねて喜ぶユリアに苦笑いの一同。

「天狼に気を遣わせるんじゃないの！」

そんなドヤ顔のユリアを抱えて、目を洗いに行ったアネモネであった。

†

その頃、ルウズビュード国へ侵攻するルーブニア兵士の中に、ユリアもよく知る人物達が紛れ込んでいた。

「こいつらを見てるとお腹が空いて仕方がない。一人くらい食べてもいいだろう？」

「まだ駄目だ！　うるさいから黙ってろ！」

窮屈そうに軍服を着たチェビとガルムが小声で話している。チェビは大食らいなので、いつも腹ペコであった。

二人が周りを見渡すと、兵士達がおぞましい話をしていた。

「おい、竜人族の女は美人らしいぞ！　選び放題だな！」

「女以外は皆殺しだな！　久々に発散できるぜ！」

「いかに苦しく死んでくれるかだ！　わははは！」

「……ゲス共め、今に見てろよ」

ガルムは血が出る程に手を握り締めて、必死に我慢していた。さすがにチェビも厳しい顔になっている。ネロを追ってこの国に潜入したが、ルーブニア帝国は先代の王から悪政が始まり、小国に何かと理由を付けては攻め入り、極悪非道の限りを尽くしていた。

すぐにルウズビュードに戻って侵攻を報告するという選択肢もあったが、シロや竜人達が負けるとも思えない。それならギリギリまで軍の中で情報収集をしようと、二人は潜入を続けていた。

「今度の判断は見誤ったな」

そう言って二人は、怒りの気持ちを抑え込み、歩き続けるのだった。

第10話　話にならないですよ？

シロ達が王宮に着いた。オーウェンとケイシーはすぐにオーランド達と合流して、戦いの準備に入る。リカルドは戦いに参加することなく、ルーブニア帝国の破滅が時間の問題だと感じながら自国に帰っていった。

「まだ到着まで時間がかかるみたいですから、こちらから出迎えようかと思いまして。ルーブニア帝国が何故侵攻してくるのかも聞きたいですしね」

「そうだな。だがお前は国王だ。国王自ら行かなくても俺達が……って言っても無駄か」

「ええ、何を言われようとも行きますよ」

「俺も行くぞ、ユリアを狙う奴は許さん」

怒りに満ちているオーランドといつの間にか現れたジェスに、苦笑いのケイシーとオーウェン。

そこへ部下が血相を変えて駆け込んでくる。

「陛下！　エリー公爵夫人達が……国を出てルーブニアの侵攻軍に向かっています！」

「何!?　エリー夫人がか？」

驚くオーウェン達をよそに、チェスターやオルトスは頭を抱えている。

「ヤバイな、エリーを止めないとその場で終わるぞ！」

「ああ、彼女はやりそうだな」

皆は急いで準備してエリー達の後を追った。今回は一応、兵を百人程引き連れての出陣だ。

一方、ルーブニア帝国の兵は森の中で苦戦していた。ルウズビュード国を囲む森には危険な魔物が多く棲息している。事前の予想を遥かに上回る強い魔物達を相手にして、多数の死者も出ている状況だった。

「おい！　あれは……嘘だろ！　ワイバーンの群れだ！　逃げろ！」

だが、既に手遅れで、物凄いスピードで捕まってそのまま捕食されていく兵士。ワイバーンに苦戦を強いられる兵士達だが、そこに一人の男が現れて、大きな斧を振り回しワイバーンの首をいとも簡単に刎ね飛ばす。

「おお！　団長だ！」

「お前ら！　こんな雑魚相手に苦戦してんじゃねぇよ！」

団長と呼ばれた大柄で厳つい男は、次々とワイバーンの首を斬っていく。兵士達の士気も次第に上がっていき、ワイバーンを何とか倒したが多大なる被害が出た。

その様子をただ見ていたガルムとチェビだが、ふと何かを感じ取り前を見据える。

「おい！　進むぞ！」

団長が先に進もうと前を向いた瞬間だった。目の前に銀髪の若い男が立っていて、その腕は血で染まっていた。

「誰だ！　お前……ぐっ」

団長は何もできぬまま倒れた。その腹には大きな風穴が開いていて、地面には血溜まりが出来ている。それを見た兵士達はパニックになり目の前の銀髪の男を警戒する。

「おい！　殺す前に目的を聞き出すんだろ!?」

「ああ、だがそもそも国ごと全滅させればいいだけのことだ」

「……まぁそうだな」

シロに呼びかけたクロノスが、納得して頷く。その後ろにいるクロじいやラーニャ達は、そんな二人に呆れている。

そこへ、ルーブニアの軍に潜入していたガルムとチェビも合流する。

周囲の兵がざわつく。

「お前ら、裏切り者か！」

「裏切りも何も知ったことか」とガルムは吐き捨てる。

「お腹が空きました。あれ食べてもいいですか？」

涎を垂らして死体を指差すチェビに、桔梗は拳骨を食らわせた。

「第一団長と第三団長を呼んでこい！」

一人の兵士がそう叫んだ直後、別の声が割って入った。

「あら？　貴方達も来たのね！」

戦場に似合わない穏やかな女性の声に皆が振り返ると、血が滴り落ちる生々しい首を持ったエリーやレニー夫人がこちらに向かってきていた。

その首を見て兵士が声を絞り出す。

「あれは……第一団長に第三団長⁉」

兵士達は目の前の凄惨な光景が信じられずに引き返そうとするが、後方から大きな爆発音が聞こえてくる。

そこで暴れているのは初代国王ジェスと現国王オーランド、そしてチェスターだった。

「オーウェンは残っている団長を尋問しているみたいね」

返り血を拭きながら首を無造作に投げ捨てるエリーを見てドン引きしている魔物達だが、今までと違う強大な魔力が近付いてくる気配がして、上に視線を送る。

木の上に二人の男女が立っていて、冷たく戦場を見下ろしていた。

「思ったより使えないわね！」

「団長ってこんなに弱いものなのか？」

そう言った二人が一瞬で消えたかと思うと、シロ達の目の前に現れて、女は持っている剣でシロの首を狙い、男は短剣でエリーの喉を斬ろうとする。

「あれは！　リリ様とライ様だ！」

「ネロ様が応援を呼んでくれたんだ！」

兵士は勝利を確信していた。だが、それは間違いだと気付くのにそう時間はかからなかった。

狙われたシロとエリーは無表情のまま、瞬時に防御魔法をかけて攻撃を簡単に防ぐと、そのまま思いっきりその若い男女を殴り飛ばす。殴られたリリとライは、木が薙ぎ倒される程の勢いで吹き飛ばされる。

「この方々がネロっていう変態野郎の手下なの？　何だか拍子抜けだわ」

「確かに話にならないな」

あまりの弱さに呆れているエリーとシロ。その光景を見て呆然と立ち尽くすしかないループニア帝国の侵攻兵士達。

「嘘だろ……リリ様とライ様がやられるなんて！」

「俺達どうしたらいいんだ⁉」

「団長達もやられたぞ！」

兵士達はパニックになっている。

「おい……俺達はまだやれるぞ……」

「許さないわ……」

全身傷だらけのリリとライがふらふらとエリー達の方に向かってくる。

「あら、人間にしては丈夫なのね～」

「倒れていればいいものを」

「うるさい！　早くユリアってガキを探さないと！」

「ルウズビュードにいるはずなのよ！」

その言葉に一瞬で顔色が変わるエリーとシロ、そして仲間達。

「今ユリアって言ったな？」

「ええ、全員生かしておけないわね」

二人の言葉に真剣に頷く仲間達は、呆然としている兵士達に次々と攻撃を仕掛ける。ラーニャとネオは元の天虎の姿に戻り兵士を蹂躙していく。クロじいも見事な武術で一人また一人と始末していく。ガルムやチェビ、そして桔梗とシリウスも暴れている。

「息子よ！　俺達で一気に片付けるか！」

「ユリアを狙う奴は許さない！」

そう言って、クロノスとゼノスは急に光り出すとドラゴンの姿に戻る。神話でしか知らないドラゴンが急に目の前に現れ、信じられない兵士達とリリとライ。彼らは敵わないと分かって、逃げ出そうとする。

だが、クロノスとゼノスが徐に大きく口を開ける。それに気付きエリー達を避難させるシロやオーウェン達。

【ドラゴンブレス】

全てを消し去るドラゴンの究極の攻撃で森の半分が焦土と化し、一瞬で全ての兵士が灰になり、後には何も残らなかった。

だがリリとライは何とか辛うじて生きており、オーランドとジェスは動けない二人に向けて躊躇うことなく剣を振り下ろしたのだった。

そして二万の兵士とネロの手下はループニア帝国に帰ることはなかった。これを後に聞いたルーブニア帝国に虐げられていた近隣諸国は、歓喜の声を上げて涙ながらにルウズビュード国に感謝したのだった。

†

その頃のユリアはというと、カイル達と一緒に、天狼を丁寧にブラッシングしていた。

「ふんふんふ～ん」

「「ふんふ～ん」」

「ふんふんふふふ」

「「ふんふ～ん」」

ユリアが鼻歌を歌うと、カイルとルウもそれに重ねて鼻歌を歌う。

「妙に合ってるわね」とアネモネがポツリとつぶやく。

バラバラに歌っているのだが、不思議と綺麗なハーモニーを生み出していた。

鼻歌を歌いつつ上機嫌のおちび達とブラッシングの気持ち良さにうっとりする天狼達。

「ユリア！」

暫くすると、家の外から聞きたかった声が聞こえてきて、ユリアは急いで立ち上がるとよちよち歩いて窓から外を見る。すると庭が光っており、そこからシロ達が現れた。

「あーー！　シロでしゅ！　みんないりゅー！」

アネモネに連れられて庭に出て、嬉しそうに皆に抱きつくユリア。

「ルウズビュードに行ってまだ数時間しか経ってないわよ？」

「ええ、どういうことなんでしょう？」

「たあ！（やるわね！）」

フローリアとナタリーはあまりにも早く帰ってきた魔物達に驚いている。ルイーザは何かを感じ取ったのか感心している。

「オーウェン達は戦後処理をしている。俺達もこれからルーブニア帝国に行ってくる」

「ネロね」

「ああ、終わらすぞ」

アネモネに不敵な笑みでそう告げたシロは、ユリアを抱き上げた。ユリアはキャッキャと喜ぶ。

「ユリア、俺達は今から悪い奴を倒しに行ってくる。でもその前にお前の顔を見たくてな」

「ユリアがパンチしてたおちましゅよ！」

「ああ、でもユリアにはこの家を守ってもらわないとな」

「はっ！　そうでしゅね！　りゅいーじゃちゃんをまもりゅ！」

鼻息荒く宣言するユリアを皆が順番に抱きしめて、諸悪の根元であるネロがいるルーブニア帝国に向かっていったのであった。

閑話　ユリアと天狼

これはまだユリアが森に住んでいた時の話。

「かーしゃん、もりにあしょびにいってきましゅ！」

「……シロも一緒よね？」

アネモネがそう言ってシロの方を見ると頷くシロとユリア。この頃のシロはまだフェンリルの姿しか見せておらず、彼の声が分かるのもユリアだけだった。

「遠くへ行っては駄目よ？　それとお昼には帰ってきてね？」

「はーーい！」

ユリアはお気に入りのピンクの肩掛けカバンを持って、大きいサイズになったシロに乗せてもらい出発する。

『ユリア、何処に行く？』

「うーん、シロにまかせましゅよ！」

『フフ、了解した！』

そう言ってシロが向かったのは、この森で最も危険とされる天狼の群れが生息している所だった。

そこへ足を踏み入れた瞬間に、森の奥から一匹また一匹と天狼が現れる。

「うわーーー！　わんわんがいっぱいでしゅよ！」

興奮するユリアの前に、シロと同じくらいの大きさの赤い天狼が現れる。恐らく群れのボスだろう。堂々とした風格を漂わせている。

「あかわんわん！　こんちはー！」

【我らが王よ、この幼子は？】

天狼の長がシロにそう問いかけると、他の天狼は一斉に頭を垂れる。

『ああ、この子はユリアと言う。訳あって今はこの子と共にいる』

【……もしやこの子は〝神の愛し子〟ですか？】

「ちがいましゅよ？　ユリアはユリアっていいましゅ！」

【ぶっ……可愛い子ですね】

『ああ、今日はユリアに天狼の子供達を紹介しようと思ってな』

シロのその言葉に顔を曇らせる天狼達。

【会わせたいのですが……子は病に臥せっていまして】

『何があった？』

【我らの棲家が穢れに侵食されつつありまして、穢れた川の水を飲んでいた親の乳を飲んだ子供らが次々と倒れてしまいました】

穢れは呪われた魔物や魔道具から発生する。その穢れに侵されたら徐々に体を蝕まれて死に至る。

『この森に穢れが？　何処だ、案内してくれ』

天狼達に付いていくと、大きな川があり、その大部分が黒く濁っている。

【我々大人は何とか耐えていますが、徐々に倒れる者も出てきました。ここら辺の水飲み場はここしかなく、どうしたら良いか我らが王に相談しようと思っていたのです】

『この穢れは酷いな。原因は分かっているのか？』

【数日前、人間が愚かにも我らを狩ろうとしたので返り討ちにしたのです。ですがその中の一人が川に何かを投げて逃げていきました。その後に川が濁り始めて、投げたモノを急いで探したらこれが出てきたのです】

長が河原を指差す。

『これは人間が作った魔道具か』

そこに転がっている黒い球体からは禍々しい穢れが漏れ出ている。そこへ親狼達が小さい我が子達を咥えながら連れてきたが、美しい毛皮に黒い染みが浮き出ていて酷く苦しそうだ。

「わんわんいたいにょ～？」

『ああ、これは酷いな』

するとユリアはシロから一生懸命降りると、黒い球体に近寄ろうとする。シロは急いでユリアを咥えたが、ユリアが球体に手を伸ばした先から眩い光が溢れ出した。その光はとても温かく、浴びると体の底から力が漲ってくる。

皆が眩しくて目を瞑る。そして暫くして光が消えていく中、皆が目を開けると信じられない光景が広がっていた。

川は先程の濁りが嘘のように綺麗に透き通っていて、球体は消えてなくなっている。そして親が口に咥えていた子らは黒い染みがなくなり元気に鳴いていた。

唖然とする大人達も、自分の体が楽になっていることに気付き驚いている。

【まさか……この幼子が⁉】

『ああ、多分な。本人は気付いてないがな』

ユリアは元気になった天狼の子と戯れている。天狼は非常に警戒心が強いはずなのに、尻尾を振り我先にユリアの元へ行こうとしていた。

【ふむ、この子からは温かい魔力を感じる。ユリアよ、ありがとう】

「にゃにがでしゅか～？」

長が頭を下げたが、ユリアはその意味が分からなかった。


この出来事の翌日の深夜、オーウェンとアネモネは強大な魔力を感じて飛び起きた。剣を構えて恐る恐る玄関のドアを開けると、そこには衝撃的な光景が広がっていた。

「おいおい、どういうことだ？」

「分からないけど……あれって天狼よね？」

「ああ、あの赤い天狼はボスだな」

庭を埋め尽くす天狼達は、大量の魔物の亡骸(なきがら)や貴重な薬草、魔石を置いて頭を垂れると森に帰っていった。

「ユリアだな」

「ユリアね」

シロはその光景を窓から見つめていて、今回の功労者ユリアはまだまだ夢の中だった。

閑話　ユリアの事情

時は現在に戻り、シロ達のルーブニア行きを見送った後のこと。

庭先に出したテーブルでアネモネ、フローリア、ナタリーの三人はお茶をしていた。桔梗もこの家に残ったが、戦いを終えたばかりなので、今は森で気晴らしをしている。

「そういえば気になってたんだけど、ユリアちゃんはまだ生まれて三年なのよね？　どうしてあんなに成長しているの？」

「愛し子だからですか？」

フローリアがふとアネモネに問いかける。ナタリーも気になっていたらしく、興味津々で聞いてくる。

それはアネモネがこの森に逃げてきた三年前に起きた、彼女もシロも知らないとある出来事に原因があった。

†

「ユリア～今日からこのお家が我が家よ～」

「きゃあ！」

オーウェンが一生懸命に建てた手作りの家に、赤子のユリアを抱っこして入っていくアネモネ。

ユリアは嬉しそうに部屋を見回している。

それから家族三人の慎ましくも平穏な暮らしが始まったが、早々にユリアが庭で怪我をしている犬を見つけた。それが後のシロだった。正体がフェンリルだという事実を中々受け入れられなかった二人だが、シロはユリアと行動を共にして面倒まで見てくれていた。

そんなある日の朝、ユリアがぐっすり眠っているのを確認して、シロはいつものように森へ食事をとりに行った。一階にはアネモネもいて安心していたのだが、その日はいつもと違っていた。

シロが留守にしている最中、ユリアの部屋に音も立てず気配もなくやって来た人物は、眠るユリアを愛おしそうに見つめていた。するといきなりユリアがパチッと目を開けたので、驚いた人物は消えようとしたがバッチリ目が合ってしまう。

「たあ！　う～あ！」

「や……やあユリア、初めまして」

金髪の美しい少年がユリアに声をかける。しかし、ユリアは何か言っているのだろうが、返ってくる言葉は意味不明だ。

「全知全能の神失格じゃな」

少年はユリアのぷっくり頬っぺたをツンツンしながら嘆いている。

「そうじゃ！　少し話せるぐらいに成長させればいいんじゃないか？」

悪巧みの顔つきになり、ユリアに向けて何かを唱える少年。するとユリアは光り輝いて浮き上がり、髪が伸びて手足も伸びていき、人族で言う三歳くらいの可愛らしい姿になっていった。

ユリアは最初は驚いていたが、暫くすると嬉しそうに立ち上がり、鏡を見てくるくる回っている。

「おお！　可愛いのう～！　ユリア～聞こえるか～？」

「きこえてましゅよ？　あにゃただれでしゅか？」

「おお！　言っていることが分かるぞ！　ああ、ワシは神じゃ！」

「かみじゃしゃん、こんちは！」

ユリアは「神じゃ」という名前だと勘違いしていた。

「……うーん、まあ、いいかのう！」

【何が良いんですか？　ラズゴーン様！】

急に女性の声が響き渡り、ラズゴーンと呼ばれた少年は顔をしかめる。

「げっ！　フェミリア」

【げっ！　じゃないです！　何てことをしてくれちゃってるんですか！】

「だって！　はじめは見ているだけで良かったんじゃが、……折角なら話したかったんじゃよ！」

【ユリアの両親やあのフェンリルに見つかる前に元に戻してください！】

「だれでしゅか～？」

ユリアにも女神フェミリアの声は聞こえているようで、声の主を探そうとキョロキョロしている。

【あら～可愛らしい声ですね！】

「じゃろ～！」

【ユリアちゃん、こんにちは～！　この前は天虎を助けてくれてありがとうね！】

「こんちは！　どこにいるんでしゅか～！」

そう言ってユリアはよちよちと歩いて一生懸命にベッドの下やカーテンの裏を探している。そんなユリアを見て悶えている神と女神。

【これもこれで可愛いわね……】

「そうじゃな～……だがもうすぐフェンリルが帰ってくるな。ユリア、もうそろそろ赤子に戻ろうか……」

「イヤでしゅ！」

ラズゴーンがユリアに手を翳した時だった。ユリアの目から大粒の涙がこぼれている。

「ユリア……このままがいいでしゅ！　うわーーーん！」

大泣きしているユリアを急いで宥めようとしたが泣きやまない。自分は大変なことをしてしまったと、今更ながら反省するラズゴーン。

【泣き声は母親に聞こえないようにしましたが、どうしてくれるんですか！　本人が拒否しているからもう元に戻せませんよ！】

「うう……ユリアすまんのう……」

「すん……すん……こにょままで……いい……？」

【戻ってきたら覚えておいてくださいね？】

ボキボキと拳を鳴らす音が聞こえて震えるラズゴーン。

「わーい！　もりにあるいていけましゅ！」

小躍りして喜ぶユリアに何も言えなくなる神と女神だった。ユリアに最後の挨拶をして再度謝ると、悪いと思いつつ自分とフェミリアについての記憶を消してから、ラズゴーンは名残惜しそうに消えていった。

それから他の神々に長時間説教されて、ユリアに会いに行くことを固く禁じられた創造神ラズゴーンだった。

暫くしてシロが森から帰ってきた。玄関をノックすると、子供の元気な声が家の中から聞こえて首を傾げるシロ。

「シロがかえってきた～！」

「ユリア、母さんが開けるから座ってなさい！」

「はあーーい！」

はぁ？

シロは思考が停止した。

ドアが開いて、シロの目に飛び込んできたのは幼い女の子だった。可愛らしいその幼子からは何故かユリアの魔力と気配が感じ取れた。

『……ユリアか？』

「しょうだよ～！　エヘヘ～！」

朝まで赤子だったのに昼前に帰ってきたら幼子になっていた。

照れながらくるくる回るユリアは確かに可愛いが、謎は深まるばかりで混乱するシロ。アネモネはシロの帰宅前に散々悩んだ後だったので、もはや諦めの境地に達していた。

その後帰宅したオーウェンも腰を抜かしそうな程に驚いていたが、ユリアのあまりの可愛さにすぐに受け入れて抱きかかえる。

「ユリア〜大きくなったな！　可愛いぞ！」

「きゃはは！　ユリアおとなになったにょよ！」

シロはユリアが〝神の愛し子〟なのが原因じゃないかと感じていた。オーウェンやアネモネは気が付かないが、ユリアに今まで感じたことのない神聖な魔力が微量ながら残っていた。

夫妻は数日間、何事もなく体も健康そうなユリアを見て、この謎のユリア成長事件を少しずつ受け入れていった。それに何と言っても可愛い娘に夫妻揃ってメロメロだった。

†

あの時の出来事を思い出し、苦笑いするアネモネ。

「私にも分かりませんけど、〝神の愛し子〟と分かった今では、何となく神がユリアに祝福を与えたんじゃないかと思うんです」

「そうね……〝神の愛し子〟って未知の領域だから私達には分からないわよね」

「何か……神とか想像つきませんわ」

そう言いながら目の前で元気良く遊ぶおちび達を見つめる母親達。そんな母親達の会話を知らないユリアは遊びに夢中だ。

「ユリア、ちゅよくなるのにしゅぎょーしゅるの！」

「しゅぎょーってなにー？」

「う～んと……わかんにゃい」

カイルに尋ねられ、ユリアは首を傾げる。

クロじいが言っていた言葉を真似しただけで、意味は知らないユリアだが、クロじいと一緒に修業をして遊んでいたことを思い出したのだ。

「いくよ～！　ちぇい！　ちぇい！」

元気の良い掛け声（？）と共にパンチをするユリアを、キラキラした目で見つめているカイルとルウ。二人は急いでユリアの横に並んで真似を始める。

「「ちぇい！　ちぇい！」」

「ちぇい！　にゃー！」

次はパンチしてからキックするという、おちび達には結構難度が高い修業（？）だ。ユリアは一生懸命だが徐々にフラフラしてきて、足を上げた瞬間に倒れそうになる。その度に天狼の長が前足を出して器用に元に戻してあげていた。

それを見て肩を震わす母親達だが、何とか平常心を装い見守っている。

「天狼……絶妙なタイミングね。あれは何なのかしら？」

「カイル……ぷっ」

「あれはクロじいに教わって一時ずっとやっていた修業です……またやり始めたのね……」

フローリアとナタリーに説明してあげるアネモネ。

カイルも倒れそうになるが、本来は残忍な魔物である天狼に助けられているのは不思議な光景だ。

ルウはフラフラするが、体が軟らかいのか自分でバランスを立て直すので、母親達は自然と拍手をしてしまう。

「たあ！　たあ！」

ルイーザもユリアの横に座りながらパンチをしている。

「ルイーザ……」

そんな娘を見てフローリアは苦笑いしていた。

ユリアが次にやり始めたのはうさぎ跳びだ。手を頭に当ててピョンピョンと一生懸命跳んでいるがすぐにコロコロと転がってしまい、また天狼に前足で止められていた。天狼も何故か楽しそうで、子供達がコロコロ転がるのを待っているみたいだ。

そんな中でもやはりルウは自分でバランスを取って跳んでいる。

「ルウちゃん才能あるわね」

「クロじいの弟子になれそうね」

「みて〜！　きんにくもりもり〜！」

「カイルも〜！」

アネモネとフローリアが感心して見ていると、泥だらけになったユリアとカイルが起き上がり、自分の腕を曲げて自慢げに見せびらかす。だが、どう見てもぷにぷにのままだった。

第11話　フェンとコウ、そして復活

〝古の森〟に来てから存在感が薄いが、ユリア達と一緒に来ていたフェンと妖精コウ。二人は今、凶悪な天狼に怯えて家の中で過ごしていた。

「おい、俺達も外に遊びに行こうぜ！」

『いやだ！　おれしゃまはここにいるぞ！』

「ユリアの友達だから俺達に危害は加えないだろ！　もし襲ってきたら返り討ちにしてやるから！　な？」

『むぅ……ほんとうか？』

「ああ！　ほら、行くぞ！　折角こんな気持ちのいい森に来たんだ！　外に出ないと損だぞ！」

コウに説得されてよちよちと立ち上がるフェンと、そんなフェンに乗って上機嫌のコウ。二人が階段を下りるといい匂いがしていて、キッチンを見ると桔梗とアネモネが夕飯の準備を始めていた。

「あら、あんたら今まで何処にいたんだい？」

「ユリアの部屋に避難してたんだよ、フェンが天狼を怖がってさぁ」

『こ……こわがってにゃいぞ！　おれしゃまはフェンリルだじょ！』

強がるフェンを見て苦笑いする桔梗とコウ。アネモネはフェンが何を言っているか分からず、ただ可愛く吠えているのを微笑ましく思って見ている。

フェンとコウは桔梗にドアを開けてもらい、庭へ出ていく。するとユリア達が何故かパンチしたり足を上げたりしていて、バランスを崩す度に天狼達が後ろから支えている奇妙な光景が目に飛び込んできた。

「何をしてるんだ？」

『おれしゃまもわからにゃい！』

【やっと出てきたか、フェンリルの子よ】

気配を消して近付いてきた天狼の長を、恐る恐る振り返るフェン。

『な……なんだ！　おれしゃまはねむかったんだじょ！』

【フフ、そうか】

「いいから俺達も遊ぼうぜ！　ユリアーー！」

名前を呼ばれて振り返ったユリアの顔に飛び込んでいくコウ。

「ぶあーー！　もう、あぶないでしゅよ！」

コウを引き剥がして注意するユリアだが、コウはお構いなしに周りを飛び回っている。

「何やってんだ？」

「しゅぎょーでしゅよ！」

「しゅぎょーって何だ？」

「わかりましぇん！　でもたのちいでしゅよ！」

そう言ってパンチとキックを再開するユリアとカイル達。そんな光景を見てあることを思い付いたコウは、魔法でユリア達のあるものを復活させた。

プーピー……プーピー……。

独特の音に反応した天狼達は、耳をピクピクさせて音を立てるユリア達の靴に注目する。

「あーーー！　おくちゅがなってりゅーー！」

「あはは！　やったね、ユリア！」

「うん！」

喜ぶユリアとカイルは靴を鳴らして遊び始める。ルウも慎重に音を鳴らしながら音の変化を聞き分けて遊んでいて楽しそうだ。

プーピープーピープープーピー。

ピープーピープープーピーピー。

絶妙に音を変えて出すという高度な技を覚えたおちび達は音に合わせて踊り出し、その奇妙な光景をフローリアが唖然として見ている。

そんな中でルイーザはコウを素早く捕まえて、強制的にその小さな手に魔法をかけてもらう。歩けないルイーザはハイハイをしてユリア達の元に近寄っていく。

「恐ろしい赤ん坊だな……」

解放されたコウがルイーザを見て震える。

ルイーザは手を叩いて音を出す。

ピプピプピプピプ。

「ルイーザ……ぷぷ」

ついつい娘の可愛さに笑ってしまうフローリア。

「あーー！　りゅいーじゃちゃんもおとがしゅるー！」

「かわいいねぇ～」

「かわいい……」

「たあ！（当たり前よ！）」

ユリア、カイル、ルウに褒められ、ルイーザは得意げに胸を張った。

【独特な音だな……】と天狼の長は何とも言えない表情だ。

『おれしゃまにもまほうをかけりょーー！』

ルイーザを見て羨ましくなったのか、フェンがそう叫んだ。

プーピープーピープーピー。

ピプピプピプピプピプ。

庭から禁止したはずのあの音が聞こえ始めて、料理の手を止めるアネモネと桔梗。

「ああ……この音はまさか……」

「ああ、そのまさかだねぇ」

アネモネは溜め息を吐くとエプロンを取りすぐに庭に出ていく。

そこには靴を鳴らして遊ぶおちび達と、手を叩いて音を出すルイーザに、足を全て使って音を楽しむフェンがいた。

フローリアはこの大合奏に大爆笑していて、天狼は尻尾を振りながらユリア達の後ろをついて回っている。皆が音を出して行進している状態を見て、頭を抱えるアネモネだった。

「ほら、そろそろやめなさい。夕飯の時間ですよ」

アネモネは呆れながら、靴を鳴らして遊ぶおちび達の元へ歩いていく。

「うわ～！　敵襲だぞーー！」

コウがアネモネを見て騒ぎ出す。

「敵って……失礼ね」

「かあしゃん、ユリアまだあしょぶの～！」

ユリアが駄々をこねる度にプーピープーピーと気の抜ける音が鳴る。

「また、明日遊びなさい。もう夕飯の時間だから、ね？」

「ブゥーーー！」

「ブーイングはやめなさい。今日はもうおしまいよ！」

「ユリア……またあちたあしょぼー……」

「……うん」

「ブウ……」

落ち込む三人を見て、何とも言えない気持ちになるアネモネとフローリアだが、心を鬼にして三人とルイーザを連れて家に入ろうとする。すると、森の方から何者かの気配がして、アネモネは警戒する。

【ん、この気配は⁉】

ユリア達を見守っていた天狼の長はふと顔を上げて森の奥を見つめる。

「ユリアーーーーー！」

森の奥からユリアの名前を叫びながら走ってくる幼い男の子。髪は赤くて瞳は黒い。年齢はネオくらいだろうか。

「ありぇ……だれでしゅか〜？」

首を傾げるユリア。

「ガーーーン！」

ショックを受けている少年に、長が冷静に言う。

【人化していては分からないだろう、息子よ】

「はっ！　そうか、俺だよ！　ソウヤだよ！」

「そーにゃ？　わんわんじゃにゃい！」

「ああ、人化できるようになったんだ！　ユリアと遊ぶために練習したんだ！」

「ネオといっちょ？」

「あいつと一緒にするなよ！　俺の方が強いんだぞ！」

ネオの名前が出た途端に不機嫌になるソウヤ。

「ユリア……だれでしゅか？」

ユリアに恐る恐る聞くカイル。

「ユリアのおともだちのそーにゃ！　赤いわんわんなにょ！」

【息子のソウヤだ、仲良くしてやって欲しい】

長がいきなり淡く光り出したと思ったら、次の瞬間には一人の男性が立っていた。燃えるような赤い髪を後ろで綺麗に纏(まと)めて、穏やかそうな黒い瞳の大人の色気が漂う男性を前にして、思わず頬を赤らめるアネモネとフローリア。

「父上！　ユリアが来ていること、何故俺に黙っていたんですか！」とソウヤは父に噛みつく。

「お前はユリアとしか仲良くしないだろう？　ネオにもいつも喧嘩を売ってはユリアに怒られるしな」

「ユリアは俺の命の恩人だし、未来のお嫁さんなんだ！」

「「え？」」

ソウヤの言葉に驚くアネモネとフローリア。その横でルイーザが抗議している。

「ユリアはカイルのおよめしゃんだよ！」

「ルウも」

「「あらあら～！」」

カイルとルウも手を挙げて宣言するのを見て、アネモネ達は驚きながらも楽しそうにおちび達の恋愛事情を観察する。

急にライバルが現れ、ソウヤはカイルとルウをきっと睨む。

「何だと⁉　お前達は弱い人間だろ！　ユリアを守れないだろ！」

「まもれるもん！」

「ルウも」

そんな男の子達を見て首を傾げるユリアと、苦笑いしている長。

「ユリア、貴方モテモテね」

「さすが私の孫だわ！」

「たあ！　たああ！（何なのこいつら！）」

アネモネが感心している横でフローリアはうんうんと頷いていた。ルイーザはユリアを奪おうとする男の子達に怒り心頭だ。

ソウヤは淡く光り出して赤い天狼の姿になる。父親よりは小さいが十分迫力がある。

【お前達を食べてやる！】

激しく吠えるソウヤを見てアネモネ達がカイル達を守るように立ち、この騒ぎに気付いたナタリーと桔梗も家から出てくる。

「ああ、カイル！」

「チッ……あのガキ！」

ナタリーは急いでカイルの元へ走っていき抱きしめる。桔梗はルウを後ろに隠してソウヤを睨み付ける。

「ソウヤ！　あんた……」

「そーにゃ！　なにちてるの！」

桔梗が怒る前にユリアがぷんすか怒りソウヤに近付いていく。

「いじめちゃダメでしゅよ！　そーにゃきりゃい！」

【そんな……ごめんなさい！　ユリア、怒るなよ！】

小さいユリアの目の前でキューンと落ち込むソウヤに驚くアネモネ達。

そこからユリアのお説教が始まり、降参のポーズを取るソウヤを見て、父親の天狼は本格的にユリアを嫁にしたいと思うのであった。

ユリアのお説教の後、長は不器用な息子を諭す。

「ソウヤ、お前は友人を作るべきだ」

【何でですか!? そんなもの必要ありませんよ！】

「お前は強いが、傲慢で相手の気持ちを考えない。だから皆お前に近付かないのだ」

父親に言われたソウヤは仲間の天狼達を見るが、皆怯えて一歩下がってしまう。だが不思議なことに、カイルやルウ、そしてルイーザはソウヤを怖がることなく、それどころかまだ猛抗議している。

「何なんだお前ら！ 長の息子に向かってその態度は！」

ソウヤはまた人化してカイル達に詰め寄る。

「うるちゃい！ カイルはこわくないもん！」

「ルウもこわくない」

そう言いながらも、少し震えているカイルとルウ。

こういう態度が良くないのだと、ソウヤ自身も分かっている。

それでも、ユリアが他の誰かと、ましてや人間と仲良くするなんて我慢できなかった。

人間が放った穢れのせいで死にかけたソウヤにとって、自分を助けてくれたユリアは天使のような女の子だった。

憧れでもある獣王フェンリルのシロまでも従えていて、その他にも数々の最強と呼ばれる魔物達を従えている。長である父もその一人で、ソウヤは父に連れられて毎日のようにユリアと森で遊んでいた。

だが、天虎の長であるラーニャの息子で、自分と歳があまり変わらないネオとはどうも気が合わないので、いつも喧嘩になってはユリアやシロに怒られていた。

「友達なんていらない！　ユリア、向こうで遊ぼうよ！」

「いやでしゅよ！　なかよくあしょべないならしりまちぇん！」

いつも以上にぷんすか怒るユリアはカイル達の方へ歩いていってしまった。ソウヤは焦りと不安で目から大粒の涙が溢れてくる。

「ユリア……ごめんなさい……うぅうわーーーーん！」

いきなり大声で泣き出したソウヤに駆け寄り、優しく抱きしめる長。

「お前は長の息子というプレッシャーを背負いすぎだよ。まだ子供なんだから友達を作って元気に遊んで欲しい」

「……すん……でも……みんな逃げちゃうんだ……長の息子だから……すん」

「逃げない友達を探せばいいんじゃないか？」

「……すん……いないよ……すん……」

「本当にいないかい？」

「そーにゃーーーー！　うわーーーん！」

名前を呼ばれて涙をこぼしながらも振り返るソウヤ。すると泣きながらこちらに走ってくるユリア達の姿があった。

「そーにゃ……すん……ごめんねぇ……すん……」

「おこってごめんにゃしゃい」

「ごめんちゃい」

ユリアに続いてカイルとルウが泣きながら謝る。その姿を見たソウヤは何故か嬉しくて、自然とおちび達を抱きしめる。人間は嫌いだと思い込んでいたが、不思議と嫌な気持ちにはならなかった。

「俺の方こそごめんなさい……今から……友達になってくれるか？」

「「いいよーーー！」」

「ユリアはもうおともだちでしゅよ！」

泣き笑いしている四人を見て安心したアネモネ達は、長とソウヤも夕食に誘う。嬉しそうに手を繋いで家の中に入っていくおちび達とソウヤ。その後ろからフェンに乗ったコウも匂いに釣られて勢い良く入っていった。

「息子が迷惑をかけたな。すまないね」

長に微笑まれて頬を赤らめるナタリーとアネモネ。だが、そんな大人達を無視して鬼の形相をした赤ん坊が長の前に現れた。

「たあああ！（教育がなってないわね！）たあたああ！（私が鍛え直してあげるわ！）」

「……まさか赤子に説教されるとはね。長生きはしてみるものだね、貴重な経験をしたよ」

「たああ！（話は終わってないわよ！）」

長はルイーザを優しく抱っこして家の中に入ろうと歩いていくが、最後までルイーザからパンチ攻撃を顔面に受けていたのだった。

「私も何か手伝おうか？」

忙しく動いているアネモネ達に長が声をかけるが、ゆっくりしていてくださいと断られてしまう。暇を持て余す長が次に目を付けたのは、リビングで遊ぶおちび達とソウヤだ。

「何して遊んでいるんだい？」

「にらめっこ〜！」

「ん？　にらめっこ？」

「父上！　この遊び面白いですよ！」

ソウヤがお腹を抱えて笑っている。対戦相手はユリアで、普段の可愛らしい顔が何処へやら、今は指で目を細めて、口をおちょぼ口にしていて皆を笑わせている。

「ふふ、楽しそうで何よりだね」

ソファーに座り、暫し子供達の遊びを微笑ましく見ていた長だが、ふと人間の気配がしたので急いで立ち上がると窓から外を覗く。アネモネ達も気付いたらしく外を警戒する。

「おいおい、本当にこんな所に家があるぞ！　しかも何でこんなに天狼がうじゃうじゃいるんだよ！」

「ふむ、それに何ですか、この家の中から感じる膨大な魔力は……」

そこには大柄で筋肉質の冒険者風の男性と、真面目そうな貴族風の男性が立っていて、森の奥深くにあった家を見て驚いていた。

「この結界は何なんだ!?　この先進めねーぞ！」

「どちらにしろこの数の天狼相手に勝てるわけがありません」

「じゃあ、どうするんだよ！　折角ここまで来たのに諦めんのか！」

「今、考えています」

冒険者風の男性が今にも襲いかかろうとする天狼を警戒しながら、貴族風の男性に声をかけている。

「二人の男が揉めていますね」

「何なんだい？　面倒臭いねぇ！」

長と桔梗は家から出て、揉めている男性達の元へ歩いていく。すると、揉めていた二人が長と桔梗に気付いて警戒し始めた。

「……おい、お前らはこの家の奴らか？」

「あんた達こそ何者だい？」

桔梗の恐ろしい程の魔力と迫力に圧倒される二人。

「申し遅れました。我々は世界ギルド協会の者です。こちらの筋肉馬鹿がザカリーで、私はメリルと申します」

「世界ギルド協会か、聞いたことがある。冒険者ギルドや商人ギルドを纏める総本山で、国に属さない危険な森などを管理している奴らだ」

「興味ないねぇ～！　あんたら痛い目見たくなかったら、さっさとこの森から出ていきな！」

長の言葉を聞いて桔梗が吐き捨てるように言うと、二人を威嚇する。

「そうしたいのは山々ですが、一応仕事ですので、何故こんな危険な森に家があるのか調べないといけないんですよ」

「何故ここに家があると分かったんだ？」

「匿名で情報が入りまして、半信半疑で来てみたらご覧の通りで我々も正直驚いています」

そこへアネモネも駆けつけたが、ザカリーとメリルはアネモネを見た瞬間驚く。

「「アネモネさん⁉」」

「やっぱり！　ザカリーとメリルじゃない！　久しぶりね！」

怪しい男達と親しげに話し出すアネモネに唖然とする桔梗と長。

「アネモネ、あんた知り合いかい？」

「ええ、私とオーウェンが冒険者ギルドに登録して活動していた時に出会った協会の人よ。オーウェンはよくザカリーと組んで依頼をこなしていて、メリルは私の作ったポーションを買ってくれていたのよ！」

「アネモネさん、貴方とオーウェンさんがこの家の主ですか？」

「ええ、事情があってこの森に住んでいたのよ」

「事情？　何で言ってくれねぇんだよ！」

「……あとあれが凄く気になるのですが、止めてもらっていいですかね？」

メリルが苦笑いしながら指差した方向を皆が見ると、窓に顔をべったり張り付けてこちらを見ている子供達がいた。ユリアはメリル達と目が合うと嬉しそうに手を振ってくる。それに気付いたザカリーは笑いながら手を振り返す。

「こんな所に子供もいるんですか？　危険ですよ！」

「う〜ん……子供達が一番安全だと思うわよ」

「はぁ？」

アネモネの言葉が信じられないメリルが反論しようとした時、ユリアが家の中から一人で出てくる。

「危ない⁉」

ザカリーとメリルが助けに行こうとするが、結界が邪魔をして進めないし、何よりも異常なのがアネモネが動かないことだ。

そんな焦る二人が次の瞬間に見た光景はとても信じがたいものだった。凶悪なS級魔物として知られている天狼が犬のように尻尾を振り、ユリアと戯れ始めたのだ。

第12話　世界ギルド協会

「私は夢でも見ているんですかね？」

「夢だったらいいんだがな……」

目の前のあり得ない光景に驚いたままのザカリーとメリルの元へ、凶悪な天狼を後ろに引き連れてやって来たユリア。

「こんちわ！」

「あ……ああ。話には聞いていたけど可愛らしい娘さんですね？」

元気良く挨拶するユリアは、これまでにいろんな人達と関わってきたので徐々に人見知りを克服し始めていた。

「ええ、ユリアよ。ユリア、こちらは母さんと父さんのお友達のザカリーさんとメリルさんよ。ご挨拶できる？」

「ユリアでしゅ！　さんしゃいでしゅよ！」

にこやかに挨拶するユリアの後ろに広がるのは、天狼だらけの恐怖の庭だ。

「ご丁寧にありがとう、ユリアちゃん」

「おお、おちび！　後ろの天狼達は何でこんなに懐いてるんだ⁉」

ユリアの後ろで綺麗に横並びになって尻尾を振る天狼を見て驚くザカリー。

「おちびじゃにゃい！　ユリアでしゅよ！」

ザカリーのおちび発言にぷんすか怒るユリア。そしてユリアの怒りに反応して天狼達も立ち上がり威嚇し始めた。

「ユリア、落ち着きなさい」とアネモネが窘める。

「ブゥーー！」

「ブーイングも駄目よ！」

「アネモネさん。説明して頂けないですか？　何故この〝古の森〟に住んでいるのか、そして何故S級の魔物がここにいてこんなに大人しいのか？」

ユリアとアネモネのやり取りを聞きながらも、ずっと考え込んでいたメリルがアネモネに問いかける。

「貴方達のことは信用しているわ。でも世界ギルド協会を信用しているわけじゃないから、詳しいことは言えないわ」

「……。確かに世界ギルド協会の会長が変わってから、貴方達はあまりギルドと関わらなくなりましたね」

「ケッ！　俺もあいつのことは気に入らねぇな！」

ザカリーが吐き捨てるように言う。

遡るこ と二年前、世界ギルド協会で当時会長だった人物が行方不明になった。新たに会長になった人物は冒険者や商人を良いように利用して私腹を肥やしていると非常に評判が悪くなり、ギルドを抜ける冒険者や商人が増えていった。

世界ギルド協会の職員の中にも会長のやり方を疑問視する人達がいて、一部の人達が独立してギルド連盟を設立した。冒険者や商人は次々にそちらに流れていき、アネモネとオーウェンも協会を抜けてギルド連盟に加入した冒険者だった。

「不思議に思うんだけど、二人は何故辞めないの？」

「……前会長の行方を調べています。我々を拾って育ててくれた恩人の安否も分かっていないのに抜けられませんよ」

「ああ、あいつが何か関わっているに違いないからな！　ケッ！」

「ケッ！　ケッ！」

ザカリーが悪態を吐く度に横で聞こえる可愛らしい悪態。皆がザカリーに非難の眼差しを向ける。

「な……何だよ！　そんな目で見るなよ！……おい天狼までそんな目で見るなよな！」

天狼も呆れたようにザカリーを見つめていた。ユリアは楽しそうに悪態を吐いていて、桔梗や長が必死にやめさせようとしていた。

その時、こちらに向かってくる複数の人の気配がして皆が一斉に警戒する。そして現れたのは冒険者らしき四人の男女だった。

「メリルさんにザカリーさんじゃないですか！」

リーダーであろう若い男がこちらに駆け寄ってこようとしたが、目の前にいるS級魔物の天狼に驚いて立ち止まる。

「これはどういうことですか!?　何故天狼が大人しく座っているんですか？」

「ちょっとあんな小さい子もいるわよ！」

「あれって……アネモネさんじゃない！」

騒がしい四人の元へザカリーから寄っていく。

「お前ら、A級冒険者パーティの【青い稲妻（いなずま）】だよな？」

「はい、何回かお会いしたことがありますよね。私はリーダーであり剣士のケビンです。こちらの双子姉妹は魔法使いのアビーと治療術士のルビーです。で、あの無口な男が弓使いのコミックです」

「ええ、知っていますよ。ですが何故この森にいるのですか？　今は隣のジェロラル国が情勢不安定のため、冒険者が古の森へ入るのを一時禁止しているはずですが？」

メリルが厳しい目で【青い稲妻】の面々を見ている。

「実はこの森に生息しているある魔物の討伐を依頼されました。立ち入り禁止なのは分かっているのですが……事情がありまして」

「ある魔物とは？」

「はい、その……」

そう言ってケビンは天狼を見つめる。

「まさか、天狼を狙っているのか！　お前らもA級冒険者だ、天狼がどんなに凶悪か分かってるだろ!?」

ザカリーは驚いて【青い稲妻】の面々に疑問を投げかける。

「凶悪とは複雑な気分になるな」とザカリーの言葉に苦笑いの天狼の長。

「分かっていますが……仕方がないのです！　この依頼を成功させないと妹が……！」

悔しそうに拳を強く握り黙ってしまったケビンの代わりに、アビーとルビーが事情を話してくれた。

数日前、ケビン達は世界ギルド協会の現会長に呼び出された。そこで二年前に受けた依頼の失敗を掘り起こされて、多額の違約金を払えと言われたのだ。

「二年前の依頼はメメル草の採取で、新人だった頃に採取に失敗したのよ。メメル草は貴重で目標の数まではいかなくて……でも違約金は払ったのよ！」

「そうよ！　それなのに今の会長が違約金の見直しをして増額をしたの！　私達以外にも、増額した分を払えなくて、危ない仕事をやらされている冒険者がいるのよ！　酷い奴よ！」

双子に続いて、ケビンも険しい顔で口を開く。

「違約金を払うか、メメル草を見つけてくるか、天狼を討伐するかの三択で迫られて……もしどれもできなかったら俺の妹を寄越せとあいつは言いやがって！」

「ここまで非道だとは……！」

怒りを露わにするメリル。聞いていたアネモネも理不尽さに呆れている。

「違約金が信じられない額で……」とこぼすケビン。

「いくらだ？」とザカリーが聞く。

「金貨五百枚です……」

「「「はぁ？」」」

貴族でも支払いに躊躇する程の金額に、開いた口が塞がらないアネモネ達。

「メメル草はもうその存在がこの二年間確認されていません！　だから天狼を……」

「天狼の毛皮は今絶対に手に入らない貴重なもので、かなりの高値で取引されているみたいです」

ケビンの代わりに補足するメリル。

「待って！……メメル草って目が不自由な人を治す薬の原料よね？」

「はい。完全に視力を失うと、魔法で回復させることはできないとされています。ですが、メメル草があれば、目が見えるようになる薬が作れますので、各国がメメル草を巡って争う程に貴重なんです！」

アネモネの疑問に答えるケビン。

「ああ、その選択肢の中で一番現実的な天狼の討伐にしたのか。だが、それは甘いな！　天狼は仲間が襲われたら死ぬまで追ってくるぞ？」

ザカリーの言葉に頷く天狼達。

「では……俺達は……！　妹は……！」

崩れ落ちるケビンを支えるアビーとルビー、そしてコミックも下を向いてしまった。

「だいじょぶ？　いたいにょ？」

ケビン達を心配そうに見ていたユリアが声をかける。

「メリル、メメル草って確かトゲがある漆黒の花よね？」

「ええ、黒ければ黒い程に効果があるみたいです」

アネモネに聞かれて答えるメリル。アネモネは呆れたように自分の娘であるユリアを見る。すると、それに気付いたユリアは嬉しそうに手を振ってきた。

「はぁ……メメル草、沢山あるわよ」

「「「「はい？」」」」

皆がアネモネの言葉に唖然とするが、アネモネは自分の収納空間からドサッと何かを大量に取り出した。それは見事なまでに漆黒で、トゲがある花だった。束になっているがそれが三十本以上ある。

「アネモネさん、こんなに……確かにメメル草ですね」

驚きながらも【鑑定】して確認するメリル。【青い稲妻】の面々は未だに状況が理解できておらず、ただ立ち尽くしていた。

「これはどうしたんですか！」

「……たまたま森で見つけたのよ」

「気になる間ですね」

驚いたメリルはアネモネに説明を求めるが、森で見つけたの一点張りで埒が明かない。そんなアネモネはふと昔の出来事を思い出していた。

†

それはまだ森に住んでいた頃のとある日、アネモネはユリアに植物を育てる力を身につけさせようと思い付き、庭に連れ出した。だがそれがとんでもないことを引き起こすとは、この時微塵も思っていなかった。

「かーしゃん、おにわでなにしゅるの～？」

「ここでお野菜とかお花を育てるのよ」

「えー！　どうしゅるの～？」

「ここに種があるから土に蒔くのよ」

事前に土を耕していたアネモネはそこを柵で囲んでいた。ユリアには何処にでも咲いていて、比較的育てやすいチューリ花の種を渡す。

種をもらったユリアはアネモネの指導のもと慎重に蒔いていく。

「かーしゃん！　たねとりぇないー！」

手汗で手の平にびっしりと種がくっついてしまって焦るユリア。アネモネが苦笑いしながら取ってあげる。それから時間をかけて全部を蒔き終わると、小さい子供用のじょうろに水を入れて蒔いた種に水を与えていく。

「おはなしゃん～おおきくなーれー！　おおきくなーれー！」

独特の音程で歌いながら楽しそうに水を与えているユリアを、微笑ましく思って見つめているアネモネ。

「かーしゃん、いつおはなしゃんにあえりゅの～？」

「そうねぇ～、この花は二ケ月くらいかしらね」

「なんかいねんねしたら～？」

「いっぱいよ」

「う～……ユリア、まいにちおみずあげゆ～！」

「そうね、お願いよ」

アネモネは微笑んで頷くと、意気込むユリアと部屋の中に戻ろうとした。その時何となく振り返ったユリアが自分の見た光景に驚いて母に報告する。

「かーしゃん！　みてー！　おはなしゃんがいっぱい！」

娘に言われて振り返ると、そこには色とりどりの花が咲いていた。その異常な光景を見たアネモネは頭が追いついていかずに立ち尽くしていた。

ユリアは横で嬉しそうに踊っているが、何故かユリアがステップを踏む度に花が元気になっていく。

アネモネは急いでユリアに踊りをやめさせて、花を確認していく。

「チューリ花じゃないわよね……これは何の花？　見たこともないわね」

アネモネが【鑑定】してみると、驚くべき情報が分かった。

名前：チューリ花・改
チューリ花が独自に進化した姿。元々解熱剤としての効果があるが、このチューリ花は死の病〝サバク病〟の症状を改善する。

「………は？」

アネモネは開いた口が塞がらない。このサバク病は今まで不治の病として知られており、体から水分がなくなりミイラのような状態で死に至る恐ろしい病なのだ。

「どーちたの？」

ユリアは動かないアネモネを心配して抱きつく。

その後、アネモネは帰ってきたオーウェンと話し合い、今もこの病に苦しんでいる人達のために使おうと、当時世界ギルド協会の会長であったコーウィスに相談した。

驚くコーウィスには森でたまたま見つけたことにして、急いで薬作りに入るアネモネ。そして無事に出来た薬で数多(あまた)の人々が救われたのだ。

この薬を世界ギルド協会に渡したのは、国同士の利権争いになるのを回避するためであり、当時会長であったコーウィスを信頼していたからだ。コーウィスはこの薬をチューリ薬と名付けて、誰でも買える金額で市場に出した。貧困層には無償で提供して、コーウィスの行動は世界中から讃えられた。

だが、その裏に小さな幼子の存在があったことは、誰も知らないのであった。

†

「アネモネさん？　どうしたんですか？」

ずっと黙り込むアネモネを見て、怪訝(けげん)な顔をするメリルとザカリー。

「そう言えば、チューリ薬はちゃんと市場に出回っているの？」

「……いいえ、今の会長デデルになってから市場に出すのをやめ、高値で取引を始めたため、貴重な薬になってしまいました。貴族や王族達しか手に入れられないです」

「ああ、金貨百枚だぞ！　あり得ねぇ！」

「そのデデル、潰しちゃえば～？」

「そうだな、俺達もいい迷惑だ」

桔梗の言葉に頷いて賛同する天狼の長。

「それはこちらも考えていますが、コーウィス爺の居場所が分からないと動けないですし、デデルはある犯罪組織と繋がっていて……ネロ・マクレーンというボス……」

「何ですって!!」

いきなり大声を上げるアネモネに驚くメリル達。

「これは放っておけないねぇ～」

「そうね。メリル、ザカリー、私達も協力するわ。デデルの元へ連れていって頂戴。コーウィス会長は必ず見つけ出すわ！」

世界ギルド協会本部は、リントロス商業都市という地に存在し、古の森からもそう遠くない。馬を数時間走らせれば辿り着ける距離だ。

リントロス商業都市は商業を中心に栄えていて、階級による柵がないのが特徴だ。かつて、とある国がリントロスにちょっかいをかけたことがあり、それに激怒したリントロス都市長が自身の権限をもってその国への全ての流通を止め、数日で滅ぼしかけたという逸話がある。

冒険者として活動していた頃、何度も出入りしたアネモネにとっては勝手知ったる場所だった。

アネモネがリントロス商業都市への道を思い返していると、ユリアの声が割って入った。

「どこいくの～？　ユリアもいく！」

自分の存在をアピールするためピョンピョン跳ねてそう主張するユリアを、じっと見つめる大人達であった。

第13話　ユリアは冒険します！

「ユリア!?　どうしてここにいるの！」

世界ギルド協会本部にある会長デデルの部屋に、アネモネの声が響き渡った。

側に立っているメリルも驚きを隠せないでいる。

それは森での会合から数時間後のこと。アネモネ達は〝古の森〟から馬を走らせ、世界ギルド協会本部に意気揚々と乗り込んでいった。

しかし、会長デデルの部屋に向けて歩いていると協会内の様子がおかしい。人が皆、眠るように倒れているのだ。嫌な予感がしたアネモネは急いでデデルの部屋に飛び込むと、そこには信じられない光景が広がっていた。

†

話は少し前に遡る。

ユリアは不貞腐れていた。

アネモネはフローリアとナタリー、そして桔梗や天狼にユリアを任せて家を出ていった。

ユリアは最後まで行くと言って粘ったが駄目だったので、大泣きして部屋に閉じ籠ってしまったのだ。

心配してフローリアや桔梗が代わる代わる様子を見に行くが、布団の中で完全に不貞腐れているユリアは誰とも話そうとしない。

暫くして、見かねた妖精コウが悪魔的な囁きをした。

「よし！　俺が連れてってやるから準備しろ！」

コウの発言を聞いて、やっと布団からちょこんと顔を出したユリア。

「ほんとう？」

「ああ！　世界ギルド協会って言ってたな、リントロス商業都市にあるからすぐに出発するぞ！」

ユリアは頷いて、鞄にお菓子やらおもちゃを詰め込んで準備をする。

『おれもいくじょー！』

足元で尻尾を振るフェンも行く気満々だ。

こうしてユリアはコウの転移魔法でリントロス商業都市までやって来たのだ。

転移した先はリントロス商業都市の外門近く。門番が住民や外から来た客を一人ずつ確認しているのが見えた。

「ついでに気配も消しておくからな！　誰にも気付かれないぞ！」

コウがユリアとフェン、そして自分自身に認識阻害魔法をかけると、人々がズラリと並んでいる脇を簡単にすり抜け、街の中に入ることができる。

「かーしゃんはどこでしゅかね？」

リントロスはルウズビュードの王都より少し広く、闇雲（やみくも）に人探しをして見つかるものでもない。

「まぁ、世界ギルド協会の中で待ってれば来るだろ！」

そう言ってコウが協会本部への道案内を始めた。暫く歩くと、白を基調とした年季の入った建物が見えてきた。

しかし、フェンが急に険しい声を上げる。

『おい！　この建物からあいつの匂いもするじょ！』

「「あいつ？？」」

『おれをくるちめたあいつだじょ！』

「もしかしてネロ・マクレーンか!?」

『そうだじょ！』

「わるいちとでしゅか!?　かあしゃんがあぶないでしゅ！」

フェンはネロによって洗脳されて、酷い目に遭っていた過去がある。コウとユリアにネロとの面識はないが、フェンからそれはそれは嫌な思い出として聞かされていた。

三人揃って〝ちんまり組〟は急いで世界ギルド協会に向かった。

気品漂う建物の割に、入口に立っている男達は皆ガラが悪く、通行人達を睨み付けている。コウは先にその男達の前まで飛んでいくと魔法を唱え始めた。

「妖精魔法【ねんねんころり！】」

すると、いきなりガラの悪い大男達がイビキをかいて眠ってしまった。後からよちよちとやって来たユリアはそんな男達を見て呆れている。

「あー！　おそとでねてるー！」

ユリアの一言に爆笑するコウ。気持ち良く寝ていて起きそうにない男達の横を、覚束ない足取りで通り過ぎて、無事に中に入ることに成功したちんまり組。

本部の中に入ると、そこにもガラの悪い連中が沢山いたが、出会す度にコウが魔法を唱え、皆イビキをかいて眠る。

何がどうなっているのか理解していないユリアは、突然寝てしまう男達を心配するが、コウに促されて先へ急ぐ。

「うう……ちゅかれる」

ユリアが一生懸命に階段を上り、フェンが背中を押してあげながら何とか三階に辿り着いた時だった。コウは何かを感じたのか急にユリアの後ろに隠れてしまう。

「どーちたの？　おなかいちゃいの～？」

「俺はいない。俺はいない」

ユリアが震えるコウを見て首を傾げていると、聞き慣れた声が響いた。

「ユリア！」

名前を呼ばれたユリアが振り返ると、そこにはよく知る二人の男が立っていた。

「あー！　シロときゅろだーー！」

唖然とするシロとクロノス。この二人にはコウの使う認識阻害など通用しないので、バッチリとユリアの姿が見えているのだ。

ルーブニアに行っていたはずのシロ達が何故ここにいるのか……その疑問に思い至れる人物は、今この場にはいなかった。

「どうしてこんな所にユリアがいるんだ⁉」

「俺も分からん！　しかも一人か……ん？」

クロノスはユリアの後ろに隠れて震えるコウと、尻尾を振っているフェンを見つけて目を細める。

そして彼らの記憶を探ると、大体のことを理解した。

「アネモネを追ってきたのか」

クロノスはシロに自分が見た記憶を教えて、ユリアがコウの助けでここまでアネモネを追ってきたことを説明する。

「コウ！　お前って奴は！」

「シロ、ダメよ！　コウはわりゅくないでしゅ！」

怒り心頭のシロはコウを捕まえ説教を始めようとしたが、ユリアが懸命にコウを庇う。

すると側にいたフェンが突然唸り出し、何処かに向かって走り出してしまう。

「今度は何だ！」

シロがユリアを抱っこして皆でフェンの後を追うと、その先にあったのは、三階の廊下の一番奥の部屋だった。

フェンは勢い良く扉に体当たりして強引に部屋に押し入る。そのまま部屋の中央まで一息に跳躍し、そこにいた二人の男のうち、若い方の腕に思いっきり噛みついた。

「おい、何なんだこの小汚い犬は！」

噛みつかれている男の側にいる、脂ぎった小太りの男がフェンを睨み付けて蹴り飛ばそうとした時だった。

「やめなちゃーーい！　たあーーー！」

場違いな可愛らしい声に振り返った小太りの男が見たのは、自分の方へ拳を突き出す幼子の姿だった。

すると、何処からともなく風が吹き荒れて、小太りの男を壁まで吹き飛ばす。

「おいおい、ユリアお前！」

ユリアと共に部屋に入ってきたシロは呆れた様子だ。

クロノスは横で大笑いしているが、当の本人であるユリアはドヤ顔でふんぞり返っていた。

「わりゅいひとはユリアがやっちゅける！」

「おー！　ユリア、お前すげぇーよ！」

そう言いながら、興奮してユリアの周りを飛び回るコウ。

それを見ていたらしく、若い男に噛みついていたフェンが、トコトコとユリアの元へ戻ってきた。

『おい、あいつもふきとばしぇー！』

「え～！　勘弁してくださいよ～！」

若い男はおどけた調子で噛まれた腕をさすっている。魔法で防御したのか、傷は見当たらなかった。

その不気味な狐目が、興味深そうにユリアを見つめていた。ユリアは初めて会う男にキョトンとした。

だが、シロ達はこの男をよく知っている――ネロだ。

すぐにシロとクロノスがネロの視線からユリアを隠す。

「お前達はもう終わりだ。お前の仲間達も今頃は捕まっているだろうな」

クロノスが相手の反応を見ながら切り出した。

「あとはお前だけだ」と、シロが淡々と続ける。

ネロは焦った様子もなく答える。

「何故ここにいると分かったんですかね～？」

「はっ！　この俺に聞くか？」

ネロの質問を鼻で笑うクロノス。

「……ああ、確か貴方は竜王でしたね。そちらは獣王。そんな方々を従えるとはこの子は実に素晴らしいですねぇ～！」

「俺達のことも調べているんだろ、お前に勝ち目はない」

「ああ、獣王。確かに普通なら勝ち目はないですねぇ～。しかし、切り札があると言ったら？」

ネロは不気味に笑いながら、シロの脚の間からこちらを覗くユリアを見つめる。ネロの瞳が次第に紅くなっていく。

「おい、魔物だけじゃないのか！」

ネロの突然の行動に焦るシロ。以前ネロは魔物を洗脳し操っていた。それと同じことがユリアに起ころうとしている。

「ああ、これは隠し技ですよ～！」

自信たっぷりにそう言いユリアを見つめるネロ。だが……

「なんでしゅか？　おめめあかいでしゅよ？」

「「「はぁ？」」」

驚く一同と爆笑するコウ。ユリアはシロの脚の間から何事もなくネロを見つめている。

「何故……何故効かないんだ！」

思い通りにいかず、地団駄(じだんだ)を踏んで怒り出すネロ。

「〝神の愛し子〟だからじゃねーの？」

コウがネロの周りを飛びながら馬鹿にする。ちなみにコウはまだ自分に認識阻害魔法をかけているので、ネロ達には見えておらず、声だけが聞こえている。

ネロは続き部屋に急いで逃げ込むと、ある男の名前を口にする。

「ディパード！　早く助けに来てください！……おい！」

「ディパードって男なら今頃はいないだろうな！」

「そんなはずはない！　あいつは空間を操ることができる……」

「だから？」

ネロの言葉を一刀両断に切り捨てるクロノスとシロ。

ついにネロの切り札がなくなったところで――

「ユリア!?　どうしてここにいるの！」

一足遅れでアネモネ達が飛び込んできたのだった。

†

そして現在、目隠しされたネロと気絶中の小太りの男――デデルを拘束したシロやアネモネ達はちんまり組を説教していた。

特にコウは『お菓子禁止令』を出されたショックで大ダメージを受けていた。

「ユリア！　ここは危ない場所なのよ！」

「うぅ……うわーーん！」

大泣きするユリアだが、今回はいつも助けてくれるシロもクロノスもアネモネに賛同していて説教に加わっている。

「ごめんなしゃ……い……うわーん」

「もうこんな危険なことはしちゃ駄目よ！　分かった？」

「うん……ごめんなしゃ……」

アネモネはユリアを抱っこすると、この光景に未だに唖然としているメリルやザカリー、そしてケビン達にネロの正体を改めて話し始める。

「こいつが犯罪組織のボスなのですね」

メリルがネロを忌々しそうに見る。

「ええ、ラトニア王国の事件の黒幕でもあるわ」

「ああ、教会がこいつらに牛耳られてたんだろ？　噂は入ってきていたからな」

ザカリーが吐き捨てるように言う。

「あと、あの行方不明だった偽者聖女もループニアで拘束してあるぞ」

「結局、こいつらと一緒にいた」

「そういえば、クロノス様とシロはどうしてここへ？」

クロノスとシロがここに来るまでの事情を話そうとした時、ユリアがネロと目を覚ましたデデルにお説教を始めた。

「わりゅいことちたらダメでしゅよ！」

「おい、ユリア。ちょっと黙っててくれるか？」

ユリアの突然の行動に苦笑いするシロ。

「フェンちゃんいじめたにょ、あやまりゅの！」

『そうだじょ！　あやまれー！　ユリア、おいらのことはフェンしゃまと呼ぶんだじょ！』

必死に吠えるフェン。

「そうでちた！　フェンしゃま！」

ユリアとフェンの会話を聞いてコウはまたも腹を抱えて笑う。

「ガキが！　引っ込んでろ！……ひぃ！」

デデルがユリア達に悪態を吐くが、ユリアの後ろで殺気を放つシロやクロノスを見て震え上がる。

そこへメリルとザカリーがやって来て、デデルを問い詰め始めた。

「おい、死にたくなかったらコーウィスの居場所を吐け！」

「それとも今から苦しい思いをしますか？」

高圧的なザカリーと、穏やかだが目が一切笑っていないメリルに冷や汗が止まらないデデル。シロは黙ってユリアの耳を塞いでいる。

「シロどうしたんでしゅか？　ユリア、なにもきこえましぇん！」

「聞こえなくていいんだ」

「俺は知らない！　勝手にいなくなって、迷惑を受けてるのは俺の方だぞ！」

しらを切るデデルの前にアネモネがやって来る。

「お前は……！」

「お久しぶりね、デデル。相変わらず醜いわね」

「何だと……」

「早く教えないともっと醜くするわよ？」

デデルに近付き睨み付けるアネモネは、恐ろしい程の冷気を放っていた。

「うぅ……しゃむいでしゅよ～！」

急に部屋が冷えたのでプルプルと震えるユリア。

『ユリアのかーちゃん、こえーじょ！』

「あれは怒らせたら地獄だな」

フェンがアネモネを見てぶるぶる震え、コウが腕を組みながらしみじみと呟く。

「コーウィスはデデルの屋敷の地下に幽閉してるよ。薬の製造方法や薬草の出所を聞き出すためにね。まだ辛うじて生きてるかな～？」

横からあっさりと情報を教えるネロ。

「おい、ネロ！　裏切るのか！」

デデルはそんなネロに激昂して飛びかかろうとしたが、ザカリー達に取り押さえられる。

「裏切るも何も僕達はもう終わりでしょう。力も効かないんじゃあ、面白くないしね～」

おもちゃに飽きた子供のように冷めた態度のネロ。

メリルとザカリー、それにケビン達は情報を基に急いでデデルの屋敷に向かっていった。

ユリアはそんな深刻な状況などお構いなしに、ネロとデデルへの説教を再開する。

「わりゅいことちたらあやまるんでしゅよ！」とぷんすか怒るユリア。

「ああ、この犬をオモチャにしてごめんね～」

拘束されながらも、器用に手をひらひらと振るネロ。彼に反省など期待しても仕方ないが、ユリアは真剣だ。

『はんちぇいちてにゃいな！』

フェンは唸って不愉快そうに威嚇する。

それを見ていたシロとクロノス、そしてアネモネがちんまり組をソファーの方へ移動させてからネロを囲む。

「お前は数々の国で指名手配されている。何処に引き渡しても死罪は免れないぞ」

そうシロが吐き捨てる。

「そうね。ルウズビュードに引き渡しが決まることを祈るわ!!」

「死罪かぁ〜！　その前にもっと遊びたかったなぁ〜！」

ネロからは死の恐怖心も、そして当たり前だが後悔の念も感じられない。

「本当に救いようがない男だな」とクロノスは嫌悪感を示す。

シロはこれ以上話すつもりもないので、ネロとデデルの二人を魔法で一旦眠らせた。

「取り敢えず最大の被害を受けたラトニア王国に連行するか？」

クロノスがアネモネに指示を仰ぐ。

「そうですね、でもルウズビュードも介入します。あと、ルーブニア帝国は今どんな状況なんですか？　みんなは無事ですよね？」

「ああ、あの国はもう壊滅状態だ。被害を受けていた近隣の国々も協力してくれて無事制圧した。ネロ率いる犯罪組織連中と、奴らに協力していたルーブニア帝国皇帝や貴族達は始末、または捕縛してある」

クロノスがざっくりと説明する。

「俺達はネロの組織制圧組とループニア制圧組に別れて行動した」

「シロ、でもまだ一日しか経ってないじゃない……」

アネモネは改めてこの魔物達の力に驚かされる。

「市民を気にしなければ一時間で終わっただろうな。無論、ユリアがいる以上そんな真似はしないが」

魔物であるシロ達にとって、本来市民の救助は最優先になり得ない。クロじいのように情に厚い者もいるが、個々人で人助けへの姿勢は異なる。

アネモネは彼らを敵に回す恐ろしさを感じたものの、今はそれを聞かなかったことにした。

そんな彼女にクロノスが、先程ユリアの乱入で中断されたループニア帝国の詳しい話を始めた。

†

アネモネ達が話し込んでいる中、ユリア達ちんまり組はソファーに座り、眠り込んだネロやデデルをじっと監視していた。

ユリアは厳しい目で見ているつもりだが、傍から見ると可愛いだけだ。コウはフェンの頭の上でつまらなそうに欠伸をしていて、フェンはまだネロを見て小さく唸っている。

「うぅ……めがいちゃい！」

あまりに目を見開いたままだったので、涙が出てきたユリア。

「あいつを見てたから目が腐ったんだよ！」

そんな涙目のユリアを見てコウが慌てる。

「ええ～！　かあしゃん、たいへんでしゅよ！」

腐ったと言われて焦るユリアは、アネモネに助けを求める。

「ユリア、静かにしてて頂戴。それに目は腐らないから大丈夫よ」

慌ててアネモネに抱きついたユリアだが、思いのほか冷静に諭されて、トボトボと悲しそうにソファーに戻ってきた。

コウは先程ユリアの不安を煽ったこともすぐに忘れ、ネロとデデルの顔に落書きし始めた。これにはフェンも大笑いして床をゴロゴロと転がる。

「ユリアも描くかー？」

筆を渡されたユリアはチラッとアネモネ達を見る。真剣に話している大人達を確認したユリアはソファーから音を立てずにずりずりと降りると、ネロとデデルの顔に落書きを始めた。

「おー！　ユリア上手だな！」

「エヘヘ～」

コウに褒められて上機嫌になったユリアは、楽しそうに顔面お絵描きを続けた。

『おれしゃまもかきたいじょ！』

「フェンは無理だろ！」

『なんでだ！』

「フェンリルは筆を持てないだろ？」

『うぅ……そうか……』

コウに正論を言われて落ち込んでしまったフェンを優しく慰めるユリアだが、筆を動かす手は止めない。

「おい、フェンも人化すればいいんじゃないか!?」

ふとコウが提案する。

「シロみたいにでしゅか～？」とユリアが首を傾げる。

「そうだよ！　できないかな？」

ユリアとコウは揃ってフェンを見た。

『おいらがにんげんに……ユリアともっとあしょべる……やるじょ！』

「よし！　やってみろよ！」

ワクワクしているユリアとコウだが、中々動かないフェン。

「どうちたの～？」

『どうやったらにんげんになれりゅんだ？』

「人間になりたい～って思って魔力を使ったらできるんじゃないか？」

コウのいい加減なアドバイスを受けて、フェンは目を閉じて集中し始めた。暫くするとフェンの体が淡く光り出した。

それに驚いたのは話し合っていた大人達だ。

「何事なの！」

アネモネは急いでユリアを抱き上げる。

シロとクロノスはフェンの様子がおかしいことに気付いたが、フェンの体はまだ光り続けている。

そして徐々に光が消えていくと、そこには銀髪碧眼の幼い男の子が立っていた。

「おいらにんげんになったじょ！」

そう言って万歳(ばんざい)して喜ぶフェン。

黒い半ズボンに白い半袖シャツを着た可愛らしい少年の姿だ。身長はユリアと同じくらいだろう。

驚くアネモネ達をよそに、フェンと共に喜ぶユリアとコウ。

「おいおい、何で今なんだよ」とちんまり組の行動に呆れるクロノス。

シロはそんなフェンよりも、落書きされて見るも無惨なネロとデデルを見て笑いを堪えていた。

眉は極太にされて、鼻毛を書かれ、閉じられた目蓋(まぶた)の上に目が書かれていた。

「これは……ぶっ！」

同じくそれ気付いたクロノスは、堪え切れずに笑い出した。

アネモネはユリアを床に降ろして、嬉しそうなフェンと、何か嫌な予感がして逃げようとしたコウを素早く捕まえた。

「さて、少しお話ししましょうか？」

笑顔だが、目が笑っていないアネモネに震え上がるコウと、素直に返事するユリアとフェン。

そして長い説教が始まるのであった。

書き下ろし番外編

ユリアの南国大冒険！

これはお披露目会前に起こった、誰も知らないユリアの壮大な冒険のお話。

「かーしゃん、あしょぼー!!」

ユリアは、側近達や女官と真剣に打ち合わせをする母親であるアネモネに思いっきり抱きつく。

「ユリア、もうちょっと待っててね。ほら、その間積み木で遊んでいなさい」

アネモネはユリアを抱っこして積み木がある場所に連れていく。そう、アネモネをはじめとした王族達は、ルウズビュード国の災いの象徴として悲しい歴史を辿ってきた王女という存在を認めてもらうため、初めて王女のお披露目会をする準備で忙しいのだ。

長らく続いたルウズビュード国の悪習を払拭するために各方面で動いている王族達やシロ率いる魔物達は、思った以上に忙しく、ユリアはずっと寂しさを募らせていた。そして追い打ちをかけるように、いつも一緒にいるお友達、カイルとルウも今は不在だ。

「ぶぅー……」

ユリアは案の定、不貞腐れてしまい大の字で寝転がった。そこに近寄ってくる小さな影。

「たあ！（ユリア！）」

高速ハイハイでユリアの元にやって来た、お披露目会のもう一人の主役である赤子ルイーザだった。

「りゅいーじゃちゃん！　一人でしゅか～？」

ルイーザを抱きしめるためにやっと起き上がったユリア。

「たああ！　ぶう!!　(私はユリアと遊ぶの！　母様なんて知らない!!)」

そう、ルイーザの母親でありユリアの祖母でもあるフローリアもお披露目会の準備で忙しく、ルイーザも寂しい思いをしていた。

「おっ！　暇そうなおちび達発見！」

そこへユリア達の様子を見にやって来たのはジェスだった。

現在、恩人であるユリアの護衛兼世話係をしているジェスは、護衛の立場で軍のトップであるユリアの祖父チェスターとの会議を終わらせて戻って来たところで、不貞腐れたユリアとルイーザを見つけて苦笑いしていた。

「おちびじゃにゃい！……じぇちゅ、ひまでしゅ！」

「たあ！（暇なのよ！）」

おちび達は暇すぎる不満をジェスにぶつける。

「ハハ！　元気な王女様達だな！　そうだな、そろそろおやつの時間じゃないか？」

そう言うと、近くにいた女官に声をかけたジェス。

「おやちゅ！　ユリア、ピーツたべたいでしゅ～！」

「たあ！　たた！（ピーツは最高よ!!）」

今おちび達の間で大流行している果物、〝ピーツ〟。甘くて瑞々しい何とも美味な果物で、最近はそればかり食べているが、栄養価が非常に高いので大人達も何も言わない。

「ピーツかぁ！　あれは旨いよな！」

ジェスも加わりピーツが如何に美味しいかを幼子と赤子と共に語り合っていたが、女官は気まずそうに何かを言いたげにしていた。

「ん？　どうしたんだ？」

「あの……申し訳ありません!!　ピーツが今手に入らないのです！」

女官が言うには、現在ピーツは流通が止まっているようなのだ。沢山あったピーツの在庫もおちび達のピーツブームにより、物凄い勢いで消費されて空になってしまった。

「流通が止まってる？　ピーツは確か南国オーキムから取り寄せているんだよな？」

「はい。商人の話だと、ピーツの取引を停止するとオーキムから一方的に告げられて困っているみたいなんです」

「何だとーーー!!」

そこにいきなり現れた妖精コウ。

そう、コウもピーツの虜になった一人なのだ。初めて食べた時の感動は今でも忘れられないくらいの衝撃だった。

「ユリア！　大変だぞ!!　ピーツがもう食べられないかもしれないぞ!!」

「ええーー!!　なんででしゅか!!」

「たあ！（あり得ないわ！）」

食べられないと言われて崩れ落ちるユリアとルイーザ。

「南国オーキムか。確か小さな島国で、ピーツはあそこの地域しか育たないから独占的に栽培しているだろうし、それで国も成り立っているはずだぞ？」

初代国王としての知識をもってオーキムの分析をするジェスだが、ユリア達はそれどころではない。もうピーツが食べられないかもしれないというショックから立ち直れていない。

「ん〜？　なになに〜？　また新しい遊びかい？」

そこへ次にやって来たのは神出鬼没の魔神マーリンだ。ルイーザの魔力が不安定になっていたので様子を見に来たら、何故か崩れ落ちたまま落ち込んでいるユリアとルイーザ、そして妖精コウを見つけた。

「マリー……ユリア……ピーツがたべれにゃい……」

「たあ……（ピーツ……）」

「あんなに美味しいものがもう食べれないなんて！　この先どうやって妖精やっていけばいいんだ!!」

最後にコウが言った言葉の意味は分からないが、何となく理由を察したマーリンが悪い笑みを浮かべる。

「じゃあさぁ！　直接オーキムに行ってみる？」と悪魔の囁きをするマーリン。

「おいおい！　そんなことできるわけがないだろう！　確かに原因は気になるが……」

ジェスはマーリンを止めようとするが、気になるのは事実だ。

「じゃあ、僕が見てくるよ～！　それなら別にいいでしょう？」

「ん…まぁ、それなら構わないが……」

「よし！　すぐに戻るから待っててね！」

マーリンが光り出して消えようとした時だった。ルイーザが得意の高速ハイハイでマーリンの足にしがみついた。

「え？　ええーー？」

「たあ！（行くわよ！）」

驚くマーリンと共に消えていったルイーザを唖然として見ているしかなかったユリアとジェス、そしてコウ。

「たいへんでしゅ！　りゅいーじゃちゃんが……マリーにちゅれてかれまちた!!」

「おい！　魔神が赤ん坊を攫(さら)ったぞ!!」

「いや、違うだろ……」

焦るユリアとコウを宥めながらも、この事態をどうするか考えているジェス。

「まずはフローリアに報告してから……」

「俺達も後を追うぞ!!」

ジェスの言葉を遮ってとんでもないことを言い出すコウ。

「あい！　りゅいーじゃちゃんをたしゅけまちゅよ!!」

コウと頷き合い、ユリアは立ち上がると気合を入れていた。そう、行く気満々だ。

「ユリア、落ち着け！」

ジェスがユリアを抱っこしたタイミングで、コウが魔法を唱え出した。

「コウ！　やめろ！」

だが既に遅く、ユリアを抱っこしたジェスごと光り出して一瞬の浮遊感と共に、三人はこの場から消えていった。

†

「おいおい、嘘だろ……」

潮風の独特の匂いと海鳥の鳴き声で、ここが海岸であることに気付いて愕然(がくぜん)とするジェス。

「あ～！　うみでちゅ!!」

ジェスの脚からずりずりと降りていき、目の前の綺麗な海を見て興奮するユリア。

「よし！　マーリンとルイーザを探すぞ！」

コウがユリアの周りを飛び回って捜索を促す。

「おい、コウ！　取り敢えずユリアはルウズビュードに戻せ！　みんなが心配するだろ!!　ルイーザは俺が探すから、な？」

「じぇちゅ!!　ユリアは、りゅいーじゃちゃんをみちゅけるまでかえりまちぇんよ！」

決意が固いユリアはよちよちと歩き出すが、ジェスにあっさり捕まってしまう。

「はなちて！」

「落ち着け！　コウ、すぐにルウズビュードに戻るぞ！」

ユリアの周りを飛び回っているコウに早く戻るように言うが、ユリア至上主義兼楽しいことが大好きなコウが聞き入れるわけがない。

「何でだよ！　早くルイーザを見つけないと、何かあってからでは遅いぞ！」ともっともらしく反論するコウ。

「魔神という最強すぎる神が一緒にいるんだ！　それよりユリアをまず安全に連れ戻さないとアネモネやフローリアの雷が落ちるぞ！」

恐ろしい名前を出されて一瞬コウの決意が揺らぐが、ジェスに捕まっていたユリアが海岸の奥にある森林を指差す。

「じぇちゅ！　あしょこにだれかいまちゅよ！」

そう言われたジェスが森林に意識を集中させると、微量の魔力を感じる。特に悪意はないので気付かなかったが数で言うと五、六人だろう。

「コウ！　お前は存在を消しておけ。ただでさえ妖精は伝承でしか聞いたことのない存在なんだ」

「分かった！」

元気良く返事したコウの姿は徐々に消えていった。ジェスはそれを見届けると、森林に向かい声をかける。

「誰だか知らないが、俺達は怪しい者ではない。聞きたいことがあるから出て来てはくれないか？」

「……」

返事がない。

「にゃをなのれーー！」

ジェスはユリアの口を持ってきていた飴玉（あめだま）で塞ぐと、ユリアは嬉しそうに黙る。

「出て来てくれないなら俺達は行くぞ？」

そう言ってウキウキなユリアと共に歩き出そうとしたジェスの行く手を塞いだのは、まだ幼い子供達だった。皆がボロボロの服を着て、お世辞にも綺麗とは言えない姿をしていたので、何か事情があると察したジェスは、先頭にいる十歳くらいの男の子に話しかける。

「どうしたんだ？　俺達はこの国の者ではないが、話くらいは聞くぞ？」

男の子はジェスをじっと見ていたが、後ろにいる幼い子供達はユリアを羨ましそうに見ていた。

それに気付いたジェスは子供達に笑顔で話しかける。

「俺はお腹がいっぱいだから、これ食べてくれるか？」

そう言って、チョコクッキーを取り出して配っていく。

「……………いいにょ？」

一人の幼い男の子がジェスに恐る恐る聞いてくる。

「ああ、沢山あるから好きなだけ食え！」

「「「わぁーーーい！　おじしゃん、ありあとー！」」」

幼い子供達はジェスにお礼を言うと、美味しそうに頬張っていく。おじさんと言われて心が折れそうなジェスの元に、リーダー格のあの男の子が近付いて来た。

「あんたはあいつの手下じゃないのか？」

男の子はジェスをまだ疑いの目で見ている。

「あいつ？　俺はルウズビュードという国から来たんだ」

「ルウズビュードって竜人の国だよな？　あんた……竜人なのか？」

男の子の知識に驚くジェス。ルウズビュード国は今でこそ他国との交流を行っているが、最近まで閉鎖的で未知なる国とまで言われていたのだ。そんな国を遠く離れた島国の子供が知っているとは思ってもいなかった。

「よく知ってるな？」

「うん。ピーツを沢山買ってくれる国だって商人のおじさんが言ってたから」

何処か聡明そうな雰囲気を漂わせる少年に興味を持ったジェスは、この島国で起きている異変について詳しく聞こうとした。だが、その時。

「おい！　ガキども！　こんな所で何してるんだ⁉」

不快感を覚えさせる怒鳴り声がした方を見ると、ガラの悪い数人の男達がこちらに向かって来ていた。男達の姿を見た子供達はガタガタと震え出して、ジェスや少年の後ろに隠れる。

「こんな所で遊んでないで働け‼　ピーツの出荷準備が早まったんだ。テメェらの親達だけでは間に合わねぇからな！」

怒鳴り散らす男達は手に持っている棒を振り上げる仕草をして、幼い子供達を恐怖で支配しようとする。

「俺がやりますからこの子達は勘弁してあげてください！」

「ああ？　いいから働け！」

少年が懸命に頭を下げるが、男達は反抗された腹いせに、怒りに任せて棒を少年に向けて振り下ろす。

「やめにゃしゃい‼　ていやーー‼」

ユリアは威勢の良い掛け声と共に、自慢のパンチをこれでもかと繰り出した。すると、物凄い波動が男達を襲い、吹っ飛ばされた男達は木にぶつかり次々と気絶していく。

それを見て頭を抱えるジェスと、驚きを隠せない少年。そしてキラキラした視線をユリアに向ける幼子達。

「だいじょぶでしゅか？」

また器用にジェスの脚からずりずりと降りたユリアは、少年の元へよちよちと駆け寄る。

「君は……何者なの？」と唖然としたままユリアに問う少年。

「ユリアはねぇ〜、ユリアでしゅよ!!」

そんなユリアの独特の自己紹介を見て大爆笑しているコウだが、そんなコウが見えるのはユリアだけなので、何故笑い声が聞こえるのか分からずに少年は首を傾げている。

「ユリア。ユリアは強いね、羨ましいよ」

そう言って悲しそうに笑う少年。

「この国に起こっていることを教えてくれるか？　お前は知っているんだろ？」

ジェスの問いかけに、少年は暫く黙っていたが、やがて意を決したのかポツリポツリと話し始めた。

数ヶ月前、国王が病で倒れてからすぐに国王の弟であるワルザが謀反(むほん)を起こして、国の混乱が始まった。私利私欲で国を独裁(どくさい)し、刃向かう者は容赦なく捕まえて奴隷(どれい)にし、強制的に働かせているらしい。

幼子達の両親も元はこの国の貴族であったが、国王派だったために無条件で奴隷にされたのだった。

「そうか……。だがピーツの輸出が止まっているのは何故だ？　この国の貴重な財源だろう？」

「……ワルザはピーツをもっと高値で売るために闇商人と取引をしているんだ。手に入らない物程、高値で買う者達もいるから……」

「その金を自分の懐に入れて、国民を飢えさせるか……。許せないな！」

ジェスはユリアと戯れる幼い子供達を見て、この国の悲惨な現状に怒りが湧いてきた。

「取り敢えず、お前達の親が働かされている場所に案内してくれ」

「でも……あいつらみたいなのが沢山いるから、見つかったら捕まっている者達がどうなるか……」

悔しくて涙を流す少年。そんな少年を心配してユリアと幼子達は一生懸命に慰めている。

「思いっきり泣け！　そして気持ちを切り替えて行くぞ！　まぁ……俺もそこそこ強いから任せておけ。お前には案内役を頼みたいからな」

「うぅ……ありがとう……」

少年は泣いた。しっかりしていてもまだ子供だ。不安で仕方がなかったし、殴られて痛い思いもした。お腹が空いて夜も眠れなかった。この数ヶ月間はずっと死ぬのを恐れて生きてきたのだ。そんな思いが今涙となって溢れ出していた。

†

暫く泣いて落ち着きを取り戻した少年と共に、ジェスは捕まった人を助けに行く準備をしている。

しかし、問題が一つある。

「ユリアをどうするかだな……」

「それなら僕に任せてよ～！」

ジェスの呟きに答えるように、よく知る人物の声が聞こえる。振り返ると、魔神マーリンが赤子ルイーザを抱っこしてこちらに歩いてくるところだった。

「たあ！（ユリア！）」

嬉しそうにユリアに手を振るルイーザ。

「あー！　りゅいーじゃちゃん！」

こちらも嬉しそうに駆け寄るユリア。感動の再会だが、ジェスが気になったのは、マーリン達がやって来た方向だ。捕まっている人達がいるピーツ畑がある方の道から歩いてきたのだ。

「お前達……何をしていたんだ？　まさかピーツ畑に行ったのか？」

「あ、うん。ルイーザがピーツを食べたいって言うからさぁ～！　でも何か様子がおかしくて近くにいた人に声かけたら、襲いかかってきたからそいつら全員始末したよ～……ルイーザが！」

「そうか！………え？　ル……ルイーザが⁉」

マーリンの衝撃発言に、開いた口が塞がらないジェスとドヤ顔のルイーザ。

「りゅいーじゃちゃん、しゅごい‼」

「たあ！　たああ！（ふん！　あんな奴ら瞬殺よ！）」

「末恐ろしい赤子だな……」

今までユリアの桁違いの凄さで霞んでいたが、ルイーザも中々だ。彼女は魔力量が異常に多いことが理由で、国を乗っ取る計画に巻き込まれた過去がある。

長い間、魔力を奪われ続けたせいで成長が止まってしまい、今も赤子のままだが、魔神マーリンとの出会いで、少しずつ彼女の人生も動き出した。マーリンから魔法の使い方や、魔力を操る方法を直接学んでいるので実力は相当なものだ。

少年の案内でピーツ畑に急ぐ一同が見たのは、ガラの悪い連中が山のように重なって倒れているのと、未だに呆気に取られて動けないでいる、捕まった人々の姿であった。

だが、泣きながら駆け寄ってきた幼子達を見ると、涙を流して喜び合う。人々は全員ボロボロで痩せ細っており、痛々しい。元は貴族だったという面影すらない彼らは、ジェス達に気付くと深く頭を下げてお礼を言い続ける。

そこでジェスの横にいた少年を見た一人の男性が、急いで跪く。

「ピリング王太子殿下！　殿下が助けを呼んでくださったのですね!!　ああ！　ありがとうございます！」

「あ……いや……」

正体をばらされて焦る少年ことピリング王太子。先程、恥ずかしげもなくジェスの前で泣いてしまったので気まずいのだ。

「大丈夫だ。お前がこの国で偉いんだろうとは何となく分かっていたからな」

「え？　何故ですか!?」と驚くピリング。

「お前くらいの歳で国の事情を詳しく話せる程に賢くて、冷静な奴はそうはいない。まぁ……上流貴族の子か王族だろうと考えてはいたが、まさかの王太子だったか！」

　ジェスがピリングの頭をくしゃくしゃと撫でるが、捕らわれていた貴族達はそれを見てハラハラしっぱなしだ。普通なら不敬だとして処分されてもおかしくない行為である。

「たあ！　たああーー！（さあ！　王宮に殴り込むわよ！）」

「わりゅいやちゅをたおしゅぞーー!!」

「いいねぇーー!!」

　ルイーザの掛け声に煽られたユリアとコウはやる気満々だ。鼻息荒くよちよちと歩き出したユリアだが、ピリングに反対方向だと指摘されて即座にトボトボと戻ってきた。

　気を取り直して、ジェスが改めて号令をかける。

「俺達は王宮に向かう。あんた達はここで待っていてくれ。よし！　ワルザという男を捕らえてピーツを食べまくるぞ!!」

「あい！」

「たあ！（ピーツ！）」

「おう！」

　ユリア、ルイーザ、コウの順番で元気良く返事をする。

「あの！　俺も連れていってください！　父上と幽閉されている母上が心配です！」

必死に訴えてくるピリングを見て、連れていくことにした。そしていざ行こうとした時、マーリンが、悪意ある者が近付いた時に作動する強力な結界をこのピーツ畑の周りに張った。これで安心して行動できる。

「王宮ってあそこでしょ？　僕の転移魔法で入口まで行こう！」

マーリンが指差す先に見えるのは大きな城だ。

「ああ、頼もう。ユリア！　ルイーザ！　絶対に俺から離れるなよ!!」

ジェスは行動派のユリアとルイーザに釘を刺すが、ユリアは未だに興奮冷めやらぬ張り切りようで、ルイーザは赤子とは思えない含み笑いをしていた。そして一同は、マーリンの転移魔法でまだ見ぬ敵地に足を踏み入れるのだった。


転移魔法初体験のピリングは、眩い光と少しの浮遊感に思わず目を閉じる。次の瞬間には懐かしくもあり、そして今は緊張感が漂う城の入り口に立っていた。門の前にいた兵士達は突然現れたユリア達を警戒したが、一緒にピリング王太子がいることに気付いて急いで跪く。

「ピリング王太子殿下！　よくご無事で……うぅ……！　我らが不甲斐(ふがい)ないばかりに！」

「やめてくれ、家族を人質に取られてお前達も大変だったろう。不甲斐ないのは俺だよ」

泣き崩れる兵士達を慰めるユリア。ピリングも兵士達を労(いたわ)り、王族として謝罪する。

こうしてジェス達は、兵士達に事情を話して城へ入れてもらうことに成功した。

「俺は人質になっている人を助けに行ってくるよ！」

急に現れた妖精に驚き、固まってしまうピリング。

「おい！　何で姿を見せた！」

「あっ！　つい興奮して……えへ？」

「お前なぁ〜……」

呆れるしかないジェス。

「姿は隠すから心配するな！　じゃあ行ってくる！」

コウはそう言ってまた姿を消した。

「ああ……その……何だ、あいつは……」

「ようせいしゃんでしゅよ!!」

何て説明したら良いか分からないジェスだが、ユリアが簡潔に堂々と答えを述べた。

「妖精は存在したんですね！　凄いです！」

興奮するピリングを何とか落ち着かせつつ、先を急ぐ一同。城内は何となく薄暗く、澱(よど)んでいるような気がするし、今のところ誰とも会ってもいない。側近や女官なども誰一人見当たらない。だが地下から大人数の気配と二階に悪意ある気配を感じる。

「地下に捕まっている者達がいるね。僕とルイーザはそっちの様子を見に行ってくるよ」

「たあ！（任せなさい！）」

魔神マーリンが張り切るルイーザを抱っこしたまま、地下へ消えていった。残ったのはユリアとジェス、そしてピリングの三人だ。

「俺達はワルザを捕まえるぞ！」

「いくじょーー!!」

心強い味方を得たピリングは堂々と二階に上がっていく。すると、あからさまにガラの悪い兵士がこちらに向かってきた。

「おいおい、ここが何処だか分かっているのか!? こいつらを捕まえろ!!」

大柄な兵士が指示を出すと、駆けつけた兵士が攻撃を仕掛けてきたので、ジェスが一蹴しようとした。だが、ユリアがよちよちとジェスの前に出てくる。

「いきましゅよ!! ていやーー！」

大きな声を上げて、拳を前に突き出すユリア。

「ギャハハ！ 何だあのちびは!?」

「ここはお嬢ちゃんが来るような所じゃねぇぞ～!!」

ユリアを小馬鹿にして笑う兵士達だったが、次の瞬間には物凄い波動が彼らを襲い、吹っ飛んでそのまま窓を突き破り落ちていく。

「おお！ ユリア、やるなぁ！ もう特技だな！」

「えへへ〜！」

ジェスに褒められて照れるユリアと、そんな幼子のえげつない攻撃に引き気味のピリング。

「何なんだ……あのチビは⁉」

「チビじゃにゃい‼」

一人残った大柄な兵士が呆然と呟いた言葉を聞き逃さなかったユリアがプンスカと怒って、また拳を突き出そうとしたその時……。

「何の騒ぎだ！」

大柄な兵士が霞む程の巨漢がやって来た。格好や身に着けているものからして高貴な身分なのだろうが、これでもかと宝石をちりばめた衣服は見ていて気分が悪い。

「ワルザ様‼　敵襲です‼」

「ああ？……これはこれはピリングではないか！　奴隷にしたのにまだ生きていたか⁉」

巨漢——ワルザは、目の前にいるピリングを見て驚いている。

「ワルザ！　もうお前の好きにはさせない‼　覚悟しろ‼」

ピリングは諸悪の根源であるワルザに宣戦布告（せんせんふこく）する。

「ハハハ！　お前に何ができる‼　こっちにはこんなに兵士が…………あれ？」

ワルザの横にはあの大柄の兵士しかいない。

「ワルザ様！　逃げてくだせぇ！　こいつらには勝てません‼　一旦兵士をかき集めますんで……」

「お仲間ならもういないぜ！」

光と共に現れたのは妖精コウだ。

「こいつらの仲間は全員退治したぞ！　悪意が強いからすぐに分かったよ‼」

一人ドヤ顔で飛び回っているが、ワルザと大柄の兵士は驚いて固まっている。

「コウ！　丸見えだ、馬鹿！」

ジェスに羽根を掴まれて怒られるコウを庇おうとするが、小さすぎて全然届かず落ち込むユリア。

「ピリング、お前は父親と母親を助けてやれ！　俺はこいつらを拘束してから後を追うから」

「分かりました！　本当にありがとうございます！」

涙ながらに感謝するピリングは、深々と頭を下げると三階へ急いだのだった。


王妃である母親と数ヶ月ぶりの再会を果たしたピリングは、急いで病に苦しむ父親の元へ向かった。

「父上……」

「ああ！　貴方……」

埃臭く薄暗い部屋で苦しむ国王は、顔は青白く、酷く痩せこけていた。もうすぐ命が尽きるのは明らかで、ピリングはその場で崩れ落ちる。

「うぅ……父上……遅くなってしまいすみません……何もできない不甲斐ない息子で……」

母親に抱きしめられて共に泣き崩れる。そこへユリアを抱っこしたジェスが駆けつけ、ピリング達の様子や苦しむ国王を見て、もう長くないと察した。

ユリアを一旦降ろしてピリングの元へ行き、事情を聞くジェス。怪我なら魔法で治せるが、病気となると話は別だ。瀕死(ひんし)状態の病の治癒(ちゆ)は最高位の聖職者(せいしょくしゃ)でも難しい。

すると、国王の眠るベッドが突然眩(まばゆ)く光り出した。驚いたジェス達がそちらを見ると、ユリアがベッドによじ登っている。そして、彼女の目の前では、病気になる前の健康的な姿に戻った国王が起き上がっていた。国王は眼前の幼子に驚いている。

「父上!!」

「貴方!!」

「ピリング！　王妃！」

家族が泣きながら抱き合う感動の場面だが、そこにユリアも加わっているのを見てつい笑ってしまうジェスだった。

その後、ピリングから全ての事情を聞いた国王は、ジェスが引いてしまうくらいに涙ながらの感謝を述べて、ユリアに対しては拝(おが)み始めてしまい、それを止めるのに時間がかかった。

それからマーリンとルイーザが地下牢に捕まっていた人々を連れて戻ってきたので、目的だったピーツの話を国王にしたら、山のようにもらえた。

目的を果たしたジェス達は、すぐにルウズビュード国に帰ることにした。

「皆さん、本当にありがとうございました！　我が国オーキムはこの恩を永遠に忘れません！」

国王が頭を下げたと同時に、ピリングをはじめ、助け出された貴族や側近、女官や兵士が平伏した。

何故かユリアも平伏そうとしたのでジェスが抱き上げ、彼らは転移魔法で戻ったのだった。

ルウズビュードの王宮の庭に立ったジェスが言う。

「アネモネ達が心配してるだろうな」

「ああ、大丈夫だよ。戻る先の時間をずらしておいたから、今の時刻は僕達がオーキムに転移してからまだ数分後だ。誰にもバレていないと思うよ」

マーリンの規格外な魔法に苦笑いしながらも、今回は感謝するジェスだった。

†

それからすぐにピーツの流通が再開したが、それより前からユリアとルイーザ、それにジェスとコウは、何処からともなくピーツを持ってきては、たらふく食べていた。

アネモネは怪しんでユリアに理由を聞いたが、いつも口いっぱいにピーツを頬張っているので何を言っているかも理解できない。

ルウズビュードで謎が深まる中、南国オーキムの城では一枚の大きな絵が飾られていた。

そこには長髪の美丈夫と緑の髪の少年、そして勝気そうな黒髪の赤子と、宙に浮かぶ光る妖精、最後に金髪ポニーテールの笑顔が眩しい幼子が描かれていて、作品名の欄にはこう書かれていた。

〝オーキムを救った英雄達〟と。

愉快な人外たちと悠々自適なDIYライフ!!

神を自称する男に異世界へ射出された俺、杉浦耕平。もらったスキルは『異言語理解』と『簡易鑑定』だけ。だが、そんな状況を見かねたお地蔵様から、『大地の力』というレアスキルを追加で授かることに。木や石から快適なマイホームを作ったり、強力なゴーレムを作って仲間にしたりと異世界でのサバイバルは思っていたより順調!?　次第に増えていく愉快な人外たちと一緒に、俺は森で異世界ライフを謳歌するぞ!

◎定価：1320円（10%税込）　◎ISBN 978-4-434-32310-2　◎illustration：コダケ

引退冒険者は従魔と共に乗合馬車始めました

著 アマゴリオ Amagorio

イカした魔獣の乗合馬車で

無限に自由な異世界旅！

人あったかい！ 景色すごい！ 野営メシうまい！

おっさんになり、冒険者引退を考えていたバン。彼は偶然出会った魔物スレイプニルの仔馬に情が湧き、ニールと名付けて育てていくことに。すさまじい食欲を持つニールの食費を稼ぐため、バンはニールと乗合馬車業を始める。一緒に各地を旅するうちに、バンは様々な出会いと別れを経験することになり――!?　旅先の食材で野営メシを楽しんだり、絶景を眺めたり、出会いと別れに涙したり。頼れる相棒と第二の人生を歩み始めたおっさんの人情溢れる旅ファンタジー、開幕！

◉定価：1320円（10％税込）　◉ISBN 978-4-434-32312-6　◉illustration：とねがわ

見捨てられた
万能者は、
やがてどん底から
成り上がる
1・2
[著]
グリゴリ
人外な仲間達と
楽しく
やり直したい!
実は超万能(?)な
元荷物持ちの、成り上がりファンタジー!
王国中にその名を轟かせるSランクパーティ『銀狼の牙』。そこで荷物持ちをしていたクロードは、器用貧乏で役立たずなジョブ「万能者」であることを理由に追放されてしまう。絶望のどん底に落ちたクロードだが、ひょんなことがきっかけで「万能者」が進化。強大な力を獲得し、冒険者としてやり直そう……と思っていたら、仲間にした狼が五つ子を生んだり、レベルアップを告げる声が意思を得たり……冒険の旅路ははちゃめちゃなことばかり!? それでも、クロードは仲間達と楽しく自由に成り上がっていく!
●各定価:1320円(10%税込) ●Illustration:山椒魚
見捨てられた
万能者は、
やがてどん底から
成り上がる
2
グリゴリ
可愛い五つ子狼たちと!
魔ダンジョンを探険!?

この作品に対する皆様のご意見・ご感想をお待ちしております。

おハガキ・お手紙は以下の宛先にお送りください。

【宛先】

〒 150-6008 東京都渋谷区恵比寿 4-20-3 恵比寿ｶﾞｰﾃﾞﾝﾌﾟﾚｲｽﾀﾜｰ 8F
（株）アルファポリス　書籍感想係

メールフォームでのご意見・ご感想は右のＱＲコードから、
あるいは以下のワードで検索をかけてください。

ご感想はこちらから

本書は Web サイト「アルファポリス」（https://www.alphapolis.co.jp/）に投稿されたものを、
改稿、加筆のうえ、書籍化したものです。

幼子は最強のテイマーだと気付いていません！３

akechi（あけち）

2023年　7月　30日初版発行

編集－矢澤達也・八木響・芦田尚
編集長－太田鉄平
発行者－梶本雄介
発行所－株式会社アルファポリス
〒150-6008 東京都渋谷区恵比寿4-20-3 恵比寿ｶﾞｰﾃﾞﾝﾌﾟﾚｲｽﾀﾜｰ8F
TEL 03-6277-1601（営業）　03-6277-1602（編集）
URL https://www.alphapolis.co.jp/
発売元－株式会社星雲社（共同出版社・流通責任出版社）
〒112-0005 東京都文京区水道1-3-30
TEL 03-3868-3275
装丁・本文イラスト－でんきちひさな
装丁デザイン－AFTERGLOW
印刷－中央精版印刷株式会社

価格はカバーに表示されてあります。

落丁乱丁の場合はアルファポリスまでご連絡ください。

送料は小社負担でお取り替えします。


ISBN978-4-434-32318-8 C0093